◆ 文學研究叢書 ◆

# 古典與現代

—— 穿越古典到現代，論析詩文，探索文學內蘊，
並以返本鑄新的研究方法研究詩文脈絡及其精神。

## 余崇生 著

# 目　次

輯一

# 張衡〈兩京賦〉析探

## 一 張衡生平

　　張衡（西元七八～一三九年），字平子，南陽（河南省），西鄂人（南陽縣北），少時善屬文，游於京師，他是漢代一個人格高尚學問淵博，反迷信，提倡科學的重要思想家。永元中，舉孝廉不行，連辟公府不就，時天下承平日久，自王侯以下，莫不踰侈，張衡乃擬班固兩都，作〈兩京賦〉，因以諷諫，精思傅會，十年乃成。我們知道張衡在漢代是位相當多產的作家，與司馬相如、揚雄、班固被稱為賦壇四傑，然而關於張衡的賦作品到底有多少？確實的篇數不可獲悉！但是留存後世可查考者有：〈東京賦〉、〈西京賦〉（又合稱〈兩京賦〉）、〈思玄賦〉、〈思歸賦〉、〈定情賦〉（殘）、〈鴻賦〉（殘）、〈羽獵賦〉（殘）、〈觀舞賦〉（殘）、〈天象賦〉、〈溫泉賦〉、〈南都賦〉、〈歸田賦〉、〈髑髏賦〉、〈冢賦〉（古文苑）、〈扇賦〉（殘）、〈應間〉、〈逍遙賦〉及〈敘行賦〉等，在以上所列舉的作品中，張衡最早完成的作品為〈溫泉賦〉，其寫作年代為東漢永元七年（西元九五年），當時作者約十八歲左右，至於最晚寫作的作品則為〈歸田賦〉，東漢順帝永和三年（西元一三八年），時年六十一歲，也就是他在逝世前一年的作品。

　　以上我們大致瞭解張衡的寫作歷程之後，接著擬想對張衡構思十

年而完成的〈兩京賦〉作分析與探討。

## 二 〈兩京賦〉之創作背景

　　〈兩京賦〉是張衡在班固死後五年開始寫作，前後花了十年的時間才完成，這時他是三十歲，也正好是安帝永初元年（西元一〇七年）。張衡寫作〈兩京賦〉的主要動機是「時天下承平日久，自王侯以下，莫不踰侈」（《後漢書》〈張衡傳〉），他見到上流支配階層的無限奢侈，而擬仿班固的〈兩都賦〉的作法加以諷諫，從自己的故鄉南陽到長安、洛陽之間，就其實際所見所聞王侯豪族的繁華，在親自的體驗下有所感而開始構思寫作這篇〈兩京賦〉，關於這點在《藝文類聚》卷六十一中亦有如此的記載，云：

> 昔班固睹世祖遷都於洛邑，懼將必踰溢制度，不能遵先聖之正法也，故假西都賓盛稱長安舊制，有陋洛邑之議，而為都東主人折禮衷以答之。張平子薄而陋之，故更造焉。

張衡寫作〈兩京賦〉的靈感雖來自班固的〈兩都賦〉，但是我們詳細探析，其寫作背景則似乎應受其他因素影響。我們知道在漢初七十多年的政治和經濟放任政策，百姓賦稅減輕，國家各方面都是一片繁榮景象，武帝、宣帝繼承了這一大業，在這期間興建了甘泉、建章和上林等雄偉壯麗的宮殿外，並且縱情酒色犬馬、田獵巡遊。當時的一般文人作家或寵臣藉機歌功頌德，投君主之所好。但是，在張衡的作品內容上則與司馬相如、班固等人的作風卻有所不同之處，例如張衡在〈兩京賦〉中藉安處先生的口吻勸戒執政者云：

乃羨公侯卿士，登自東除，訪萬幾，詢朝政，勸恤民隱而除其
眚，人或不得其所，若己納之於隍，荷天下之重任，匪怠皇以
寧靜，發京倉，散禁財，賚皇僚，逮輿臺，命膳夫以大饗，覽
饌浹乎家陪，春醴佳醇，燔炙芬芳，君臣歡康，具醉薰薰，千
品萬官，已事而竣，勤屢省，懋乾乾，清風協於元德，淳化通於
自然，憲先靈以齊軌，必三思以顧愆，招有道於仄陋，開敢諫
之直言，聘丘園之耿潔，旅束帛之爰爰，上下通情，式宴且盤。

在這段文字中，除了描繪來朝之賓有九等之多外，中郎將夾階而立，
虎賁執戟而鋒刃交加，龍輅陳於庭，雲旗撫於霓，國軍穆穆然而南面
以聽政，其景況真是諸侯皇皇焉，大夫濟濟焉，士將將焉，天下之盛
觀。接著張衡以率直之語提出了他的意見，上天之元德，淳厚之化，
通乎神明心自然，由法古帝之神靈以合其跡，仍不敢自足，必須三
思，內視其愆，在仄陋當中，多有道之士，則招明其德，直言之臣，
敢於上諫，則必須拓開其路，在丘壑園林，若有耿介清廉之士，應予
聘用，如此在朝之賢盡其宗，在野之賢得其位，君上臣下心情也就可
以通達而無塞了。

張衡的〈兩京賦〉雖模擬自班固的〈兩都賦〉，逐句琢磨，逐節
鍛鍊，對當時都市商賈、俠士、辯士的活動，以及雜技、角觝、百戲
的表演等情景都詳細描述，連篇累牘，這可說造成了後來大賦發展的
軌跡，然而在當中仍可窺察出張衡自己的立場及其寫作上的思想背景。

其次，張衡的〈兩京賦〉，我們知道這裡的兩京指的是西京長
安和東京洛陽，可是由於西安和東京的關係，於是在蕭統的《昭明
文選》及張溥的《漢魏六朝百三家集》、《張河間集》都把它分開為
〈西京賦〉與〈東京賦〉，當作兩篇作品來看待。雖然如此，倘若我
們從文意及結構上去考察的話，它還是應該是當作一篇作品來看較為

合適，關於這一點，（宋）王觀國曾云：

> （〈兩京賦〉）首尾貫通亦一賦也，衡自謂擬班固兩都作〈兩京賦〉，蓋與班固兩都一體，通爲一賦，昭明太子亦析爲〈西京賦〉、〈東京賦〉，亦誤矣。[1]

又王若虛亦云：

> 張衡〈二京〉，一賦也，而文選析爲二首，左思〈三都〉，一賦而析爲三首，若以字數繁多，一卷不能盡之，則不當稱其京某都而各云一首也。[2]

由以上所引的論說及文章本身的文脈氣勢結構等方面看來，〈兩京賦〉應該是屬於一篇而不應該將它分成為兩篇來看待是比較正確的。

## 三 〈兩京賦〉和〈兩都賦〉、〈子虛賦〉之比較

在文章的前面曾提及張衡的〈兩京賦〉頗有模擬他人作品的情形，而其中影響最大的當是班固的〈兩都賦〉，其次則為司馬相如的〈子虛賦〉。在此讓我們舉出文中的一些句子來看看，如：

（一）〈兩都賦〉——班固

> ……左據函谷三崤之阻……右界褒斜隴首之險……其陽則崇山

---

[1]（宋）王觀國《學林》，《湖海樓叢書》，卷七，頁5。

[2] 王若虛〈文辯〉《滹南王先生文集》（（清）吳重憙輯《石蓮盦刻九金人集》臺北市：成文出版社，1967年），卷三十四。

隱天……其陰而冠以峻……。

東郊則有通溝大漕……西郊則有大囿禁苑……

(二)〈西京賦〉──張衡

……左有崤函重險，……右有隴坻之隘……於前則終南太
一……於後則高陵平原……，內有常侍謁者……外有蘭臺金
馬……，木則枙棷楠……草則葳莎菅蒯……

(三)〈子虛賦〉──司馬相如

……其東則有蕙圃衡蘭……其南則有平原廣澤登降阤靡……其
高燥則生葴菥苞荔……其埤濕則生藏茛蒹葭……其西則有湧泉
清池……外發芙蓉菱華、內隱鉅石白沙……。其北則有陰林巨
樹……

(四)〈東京賦〉──張衡

……濯龍寸林，九谷八溪，……於南則前殿靈臺穌驪安福……
西南其戶……於東則洪池清藥……內阜川禽，外豐葭菼……其
西則有平樂都場……

由以上所列舉的文句中，的確可以看出〈兩京賦〉的結構和組織頗有
些地方是仿照〈子虛賦〉及〈兩都賦〉，按東、西、南、北方位鋪寫
景物，則具有某明顯痕跡。

再而讓我們來看看〈兩京賦〉的特色與價值，張衡花了漫長的十

年時間完成這篇傑作，它不管在修辭鍊字，或構思布局上無不瑰麗嚴密，氣韻排宕。當然張衡此篇作品的內容是十分宏富，用典範圍也很博廣，包括了《尚書》、《毛詩》、《禮記》、《楚辭》、《老子》、《莊子》、《山海經》、《淮南子》、《史記》等。而其中要以典出《詩經》及《楚辭》者為最多，進而如果我們將〈兩京賦〉與〈兩都賦〉互相比較的話，很顯然地〈兩都賦〉在字數、鋪排、誇張、修辭等方面都要來得博洽詳密得多，若就形式上而言，據陶秋英在《漢賦之史的研究》中說：

> 張衡是與班固並稱的，他們兩人，都是子雲、相如的承流者，但班固是運散文以入賦，所以他的賦是渾厚的，華貴的，比較自然的。張衡的賦，已漸趨駢儷，比較靡麗一點，在賦史上，他是承著班固的遺風，而漸開駢儷之先，你看他句琢字鍊，煎腴煮肥，大開大合的氣態，都是與班氏異趣。[3]

陶氏對張衡作品的批評，可說是相當的中肯，除外我們對〈兩京賦〉或許也可提出另一特色，那就是張衡擅於在敘述中引入議論說理，例如：

> 今公子苟好勸民以媮樂，忘民怨之為仇也，好殫物以窮寵，忽下叛而生憂也。夫水所以載舟，亦所以覆舟，堅冰作於履霜，尋木起於蘖栽。味且丕顯，後世猶怠、況初制於甚泰，服者焉能改裁，故相如壯上林之觀，揚雄騁羽獵之辭，雖系以頹牆填塹 ，亂以收罝解罘，卒無補於風規，祇以昭其愆尤鄯，臣濟

---

3　陶秋英：《漢賦之史的研究》（臺北市：新文豐出版公司，1980年），頁159。

參以陵君，忘經國之長基，故函谷擊柝於東西，朝廷顛覆而莫
持，凡人心是所學，體安所習，鮑肆不知其臭，玩其所以先入，
咸池不齊度於螽咬。而眾聽者或疑能不惑者，其惟子野乎。[4]

此段文字主要是指責在上位者立言之失，苟好勞民，以僥倖一旦之
樂，是忘民怨之足以為仇，如果苟好盡物以極其驕寵，是忽下叛之足
以生憂。民是不可玩的，水所以載舟也可以覆舟，除外並舉出一個實
例：堅冰嚴凍，作於履霜之薄嚴，尋木千里，起於初栽之萌蘗。所以
對一切的開始最重要的，同樣地對一些輕微的缺失也是不可不注意，
而須加防微杜漸。凡此並非空論，頗具警策之語，其能針對當時權貴
官僚生活日益腐化墮落，尖銳地諷諫，所以它與一般作者的作品欲諷
反誨的內容風格比較看來是有所不同的。

　　張衡是位通經貫藝的作家，故在文章的運辭上多弘麗溫雅，就
〈兩京賦〉的典故運用，議論風骨，更可謂是圓通而博洽，古峭而不
枯瘦，慮周而藻密，雖是如此，但也不能說它全無缺點，劉逵在〈左
思蜀都吳都賦序〉注中就如此地批評，云：

　　觀中古以來，為賦者多矣，相如子虛，擅名於前，班固〈兩
　　都〉，理勝其辭，張衡〈兩京〉，文過其義。

又，張溥在《漢魏六朝百三家集》〈任彥昇集〉題辭中也有以下的一
段文字批評，云：

　　少孺速而未工，長卿工而未速，孟堅辭不逮理，平子意不及文。

---

由以上的兩段評論文字看來，張衡〈兩京賦〉的缺點為「文過其義」及「意不及文」，這兩句話所指的當然是其文章過於鋪張揚麗，閎侈鉅衍，但是就文學觀點而言，〈兩京賦〉在辭藻上的麗靡，其實也不失是一種美學藝術，在此並不會減低其內容上的實性與價值。

然後就整體而言，對於〈兩京賦〉後來袁子才在《歷代賦話》序文中述及張衡花十年的功夫完成此大賦，主要乃在「搜輯群書，廣採風土」；其次，又如孫梅在《四六叢話》後序中也提及「中興以後，文雅尤多，孟堅，季長之論，平子、敬通之輩，總兩京文賦諸家，莫不洞穴經史，鑽研六書，耀采騰文，駢音儷字」，這兩段評文中都給張衡的〈兩京賦〉極高的評價。除外，此篇大賦本身內容也替我們保存了當時長安、洛陽兩大都會的史蹟及可貴資料，而此對研究漢代社會史而言，也有諸多值得我們參考的價值存在的！

# 袁枚的思想與文學觀

## 一

　　袁枚，字子才，號存齋，後改簡齋，因居住在小蒼山的隨園，所以世稱隨園先生，在晚年自號蒼山居士，也自稱隨園老人，或蒼山叟，杭州錢塘人，先世為慈溪籍。康熙五十五年（一七一六），生於錢塘縣東園大樹巷（杭州艮山門），二十四歲（乾隆元年己未，一七三九）中進士，入翰林，冬，乞假歸娶，與王夫人結婚，子才曾出任潭水、江寧等地的地方官，四十歲後辭官，住在隨園，過著悠遊自在的生活，在嘉慶二年（一七九八）去世。其天性聰穎，放蕩風流，在當時的詩壇上流行著「神韻說」與「格調說」，而他不甘心在此二說下受人領導，於是提出了所謂的「性靈說」；並對「神韻說」與「格調說」加以批評攻擊，且與沈德潛（一六七三～一七六九）打了一場筆墨官司，後來其所提出的「性靈說」在清代文壇上與「神韻說」、「格調說」成了鼎足而三的主要文學流派。在這篇小論中擬從袁枚的思想精神方面先作考察，進而探討其文學與觀念。

## 二

　　袁枚是位自由主義者，主張思想自由，生活自由。因為這樣，使得他在很多地方都表現著以「人為本位的享樂主義」，獨來獨往，亭

亭物表的極端行為，正如他那首「孤峰卓立久離塵，四面風雲自有
神，絕地通天一枝筆，請看依傍適何人」[1]的詩一樣。雖然如此，但
我們如果詳細考察其一生的行事與為人時，不難發現袁枚的某些矛盾
性格，例如：他平時治家極為嚴整，如同孫星衍在〈袁枚傳〉中所
云：「一家怡怡如也，正家之法，井井如也。」然而他自己在生活上
則又顯得十分狂蕩不拘，甚至還尋花問柳，狎妓縱樂。其次，袁枚在
壯年辭官歸隱，正表現著其清高的精神風格，可是在他的一生中卻好
結朝廷權貴、名士或大儒，互為詩文投贈或酬唱，甚至還為大臣權
貴寫神道碑、墓誌銘、傳記等，這些在文集中都可發現。從他的這些
表現中，也正可看出其個性另一矛盾的地方。再而就是袁枚出生在乾
隆、嘉慶年間，正是考據學興盛的時候，他對考據之學，無不極力的
反對，而自己則博覽群籍，詳作劄記，對於官方或私人之作均有所批
評。此種作法可說和考據家實無差別。

　　袁枚在性格上雖然有不少矛盾的地方，但是他所擁有的一個樂道
人善的性格，例如，姚鼐在〈袁隨園君墓誌銘〉一文中就有云：「與
人流連不倦，見人善，稱之不容口，後進少年詩文，一言之美，君必
能舉其辭，與人誦焉」。這段文字中也就很清楚地說明了袁枚的個人
修為與內涵。又如他在倫常親情方面，則可說是天性誠真篤厚，盡孝
念舊，事母至孝，所以其母才能盡天年，一直活到九十四歲。又如在
〈祭妹文〉中所表達的那種誠摯之情，云：

　　　早知決汝，則予豈肯遠遊，即遊，亦尚有幾許心中言，要汝知
　　　聞，共汝籌畫也，而今已矣，除吾死外，當無見期，吾又不知
　　　何日死，可以見汝，而死後之有知無知，與得見不得見，又卒

---

[1] （清）袁枚〈雁岩三卓筆鋒詩〉。

難明也，然則抱此無涯之憾，天乎人乎！而竟已乎！

又云：

> 生前既不可想，身後又不可知，哭汝，既不聞汝言，奠汝，又
> 不見汝食，紙灰飛揚，朔風野大，阿兄歸矣，猶屢屢回頭望汝
> 也。

又如他的〈哭阿良〉一詩：

> 欲報長安一飯思，破牆流落小兒孫；
> 難忘往日窮途淚，不洗青衫就酒痕。
> 萍水再逢風不偶，山河如夢客銷魂；
> 重泉此際應知我，玉笛親吹到墓門。[2]

在這些文字中，在在表露了他那種至性深情，也正如孫星衍在〈袁
枚傳〉中所云：「生平事孝母，友于姊弟，篤於故舊……尤善汲引後
進，一時才士多出其門」對姊弟後輩的關愛提攜。再而要談到的是袁
枚在放蕩中的真情個性。例如當他受恩於人時則終身不忘，感戴永
誌，這在詩集中的〈諸知己詩〉就記載得很清楚，云：

> 乾隆丁巳，余落魄長安，金陵人田古農見而奇之，哀其饑渴，
> 沽酒為勞。未十年，余宰金陵，古農已為異物，求其子孫，以
> 詩告墓。[3]

---

[2] 見《小倉山房詩集》卷二十一。
[3] 見《小倉山房詩集》卷五。

除此之外,又如其友程普芳死,袁枚私下拿了五金前往祭弔,將債券
燒毀,並撫養友人之遺孤等等,這些均可看出其眷懷故舊,篤實真誠
的個性與情懷了。

　　前面我們對袁枚的個人性格有了大略的認識之後,接著讓我們更
深一層地來探討有關其思想之傳承與形成。袁枚一生的行事,如前所
述,多自相矛盾衝突,實難確定他是屬於哪一類型人物,在思想方面
也沒有完整的體系。然就其出生時代而言,在乾隆、嘉慶的時候,當
然是深受儒家的道統觀念,以及程、朱理學的洗禮。可是當時的一般現
象是獨尊程、朱,而妄斥陸、王為異端,整個學術界籠罩在這種風氣
之下,就袁枚的自由性格來講,或許是格格不入的。可是為了解放思
想界的束縛,以及尊重自由的發展,所以對當時的學術風氣有所批評
和反對。比如他對當時學術思想界的漢、宋學派都有所不滿。甚而特
別對漢學考據之學提出反對的論調,例如他在〈答惠定宇書〉中就云:

> 宋學有弊,漢學更有弊,宋偏於形而上者,故心性之說近元
> (玄),漢偏於形而下者,故箋注之說多附會。[4]

又在〈答惠定宇第二書〉中,他還認為六經「多可疑」、「未必其言
之皆當也」、「亦未必其言之皆醇也」。

　　袁枚的這些批評的確是引起了當時埋頭故紙堆,支離破碎的漢學
研究家們極大的震撼和迴響。他不僅對儒家的道統觀念有所反對,同
時對理學家們也作了激烈的批判。因為這樣,所以招來了不少的誤解
與攻擊。[5]然而在此或許有人要問,既然如此,那麼袁枚的思想行為

---

4　見《小倉山房詩集》卷十八。

5　在當時攻擊,詆毀袁枚者有:章學誠,對袁枚的文章,章氏共著有〈婦學篇〉、〈婦
　　學篇後書〉、〈詩話篇〉、〈書坊刻詩話後〉及〈論文辨偽〉等五篇,內容大致是批

又要如何去歸位或解釋呢？這或許可將其列為性情中人——屬於情感型的人。[6]情感型的人偏於藝術、才士或遊俠。所以由此可瞭解到除了他自己原本的性情之外，再加上外緣的諸種現象的刺激，因而形成了他那種突破禮教的拘束，推翻了儒家的道統，進而推崇思想自由，任情率真的獨特個性。

## 三

在乾嘉初期的文壇，有王漁洋（一六二四～一七一一）鼓吹宋詩，主張「神韻說」。沈德潛（一六七三～一七六九）鼓吹漢魏盛唐，主張「格調說」，而袁枚提出了對以後文壇影響甚遠的「性靈說」。其實在袁枚「性靈說」以前，早已有人以「性靈」兩字來論評文章了。例如鍾嶸在《詩品》評論阮籍的〈詠懷詩〉時就有「詠懷之作，可以陶性靈，發幽思」[7]；又如劉勰在《文心雕龍》〈情采〉篇中也有「綜述性靈，敷寫器象」的文字，其次還有明代的袁宏道及明七子模擬的作風，也提出過「性靈」的說法，如在替他弟弟袁中道詩集所作的序中就有云：

> 獨抒性靈，不拘格套，非從自己的胸臆流出，不肯下筆。[8]

但是袁枚對袁宏道的「性靈」兩字，並沒有說到，這到底是什麼原因

---

評袁枚之趣風好名，非聖無法，似道學家等。其次有趙翼、洪亮吉、錢默存、錢泳、譚獻、凌廷堪、王昶、江藩、周錫浦與秦小峴等人。

6  見杜松柏著《袁枚》一書，云：「依個人的看法，袁枚是性情中人——屬於情感型的人……」（臺北市：河洛圖書出版社），頁136。

7  鍾嶸〈晉步兵阮籍詩〉《詩品》，卷上。

8  錢伯成箋校《袁宏道集箋校》（上海市：古籍出版社，1981年），頁187。

呢？根據近人顧遠薌的說法是當時袁枚稱道楊萬里而絕口不提袁宏道，是因為宏道兄弟在那時最被人看不起，且所著的書也被禁止甚至予以焚毀，所以在詩話中便很少說到袁宏道。[9] 然後我們回過頭來看看楊萬里方面，發現在《隨園詩話》中，袁枚屢屢提及他的詩句及言論，例如在〈再答李少鶴〉書就有云：

> 僕好誠齋（萬里），不好山谷。[10]

又在《隨園詩話》中也云：

> 楊誠齋（萬里）曰：從來天分低拙之人，好談格調而不解風趣，何也，格調是空架子，有腔口易描，風趣專寫性靈，非才不辨，余甚愛其言，須知有性情，便有格律，格律不在性情外。[11]

這段文字本來是用來攻擊格調派的，他在引用楊萬里的話中引出了「性靈」兩個字，且又將楊萬里的「性靈」直接地改為所謂的性情。在袁枚的詩話中有時用「性情」，有時又用「性靈」，其實這兩者應該是有分別的。「性情說」是以性情為本，而與神韻、格調等派並列，另為一派，主張詩歌描述性情；而至於「性靈說」則是以天機靈巧為主，注重詩文的意趣，與神韻較接近，與格調說相距最遠，除此之外，我們又發現袁枚很喜歡楊萬里的詩，例如他在《隨園詩話》中就這樣地寫道：

---

9　顧遠薌《隨園詩說的研究》（臺北市：臺灣商務印書館），頁65。

10《小倉山房尺牘》卷十。

11《隨園詩話》卷一。

> 汪大紳道余詩似楊誠齋（萬里），范瘦生大不服，來告余，
> 余驚曰：「誠齋一代作手，談何容易，後人嫌太雕刻，往往
> 輕之，不知其天才清妙，絕類太白，瑕瑜不掩，正是此公眞
> 處……」[12]

楊萬里的詩風是頗帶有禪味的，也和東坡一樣，常喜闡述司空圖味外
之味的情形，再而就是「學詩須透脫，信手自孤高」[13]，這些概念對
袁枚的詩觀及以後的「性靈說」的發展上，都可說是有著相當大的影
響的。

袁枚全部的詩作品共有四千四百八十多首，可算是一位相當多產
的作家，他自二十一歲開始，到八十二歲之〈絕命詞〉、〈留別隨園
詩〉為止以前，創作一直都沒有停止，據薛起鳳在序中所云：

> 第按其所編，始弱冠，終花甲，四十年之行藏交際，具在於
> 斯，可當康成年表讀矣。[14]

當我們在翻讀袁枚的詩作時，的確有這樣的一種感覺，大部分作品無
不在反映自己的生活及當時的社會。其詩集在乾隆四十年出版，在當
時便極受大家的歡迎，並被人翻刻、傳鈔，關於這些袁枚在《隨園詩
話》中曾有如此的記載，云：

> 余刻詩話尺牘二種，被人翻板，以一時風行，賣者得價故也，
> 近聞又有翻刻隨園全集者，劉霞裳在〈九江寄懷〉云：年來

---

[12]《隨園詩話》卷八。
[13]《成齋集》四。
[14] 見《小倉山房詩集》。

詩價春潮長，一日春深一日高，余戲答云：左思悔作〈三都賦〉，好是便宜賣紙人。[15]

由此段文字便可以瞭解詩集之被人歡迎的程度。袁枚的詩作品能夠那樣的受人喜愛歡迎，一定有它的特色在，接著讓我們更進一步來看看袁枚詩作中有哪些獨特的見解。

袁枚認為詩是由情生的，所以必須先要有情，然後才會有詩，這點他在〈答戢園論詩書〉中有云：

且夫詩由情生者也，有必不可解之情，而後有必不可朽之詩。[16]

又：

浦柳愚山長云：詩生于心而成于手，然以心運手則可。今之摘詩者東扯西扯，左克右揝，都從故紙堆來，不從性情流出。是以手代心也。[17]

又：

人有滿腔書卷，無處張皇，當為考據之學，自成一家。其次，則駢體文，盡可鋪排，何必借詩為賣弄，自三百篇至今日，凡詩之傳者，都是性靈，不關堆垛。[18]

---

[15]《隨園詩話補遺》卷三。
[16]《小倉山房續文集》卷三十。
[17]《隨園詩話補遺》卷四。
[18]《隨園詩話》卷五。

又：

> 詩空談格調，不主性情，楊誠齋（萬里）道是鈍根人所爲。[19]

由以上所引的數則文字看來，便可清楚地瞭解到，沒有性情的人，或強調格調，未求新創作，如果勉強作詩，則所寫的作品是不會高明到哪裡去的。倘若內在有感情，即使是田夫村婦同樣可以自然地寫出詞淺而意深的作品來，這他在〈錢璵沙先生詩序〉中有云：

> 今人浮慕詩名而強爲之，既離性情，又乏靈機，轉不若野氓之擊轅相杵，猶應風雅焉。[20]

又如他引朱竹君的話說：

> 詩以道性情有厚薄，詩境有深淺，性情厚者，詩淺而意深；性情薄者，詞深而意淺。[21]

由前文的論述中可以看出來，袁枚的詩論最重要的詩本性情，也就是有「我」的存在，當然這也表示著有性情然後才有真我。他在《隨園詩話》中就有如此的記載：

> 爲人，不可以有我，……作詩，不可以無我，無我，則剿襲敷衍之弊大，韓昌黎（西元七六八～八二四年）所以惟古于詞必

---

[19]《隨園詩話補遺》卷九。
[20]《小倉山房續文集》卷二十八。
[21]《隨園詩話》卷八。

己出也。北魏祖瑩云：「文章當自出機杼，成一家風骨，不可寄人籬下」[22]

又袁枚〈續詩品〉云：

不學古人，法無一可，意似古人，何處著我。[23]

以上所提到的「不可以無我」、「何處著我」這兩句話的意思是在強調作品要能「自出機杼」，如此作者才能表現出自己的個性，建立風格，作品才會創新，有價值而流傳後代。其次我們在袁枚的詩作品中還可以發現另一特色，那就是「真」與「雅」。一篇由作者真感情所寫出來的作品，一定是描繪入微，雋永有味，感人至深，然而僅僅注意到它的「真」還是不夠的，同樣的也必須注意到它的「雅」，所以他在《隨園詩話》中有云：

詩難其真也，有性情而後真，否則敷衍成文矣！詩難其雅也，有學問而後雅，否則俚鄙率意矣。[24]

此處所提到的「雅」、「無學」和「俚鄙」等都應是針對公安派的缺點而說的。

再而至於「真」，則或許要和「假」來作對比看了，例如他在《隨園詩話》中以下的一段記載，云：

---

[22] 《隨園詩話》卷七。
[23] 袁枚〈著我〉《續詩品》《小倉三房詩集》，卷20。
[24] 《隨園詩話》卷七。

> 詩有認假爲眞而妙者。唐人宿華山云,危欄倚遍都無寐,猶恐
> 星河墜入樓。宋人詠梅花帳云,呼童細掃瀟湘簟,猶恐殘花落
> 枕旁。有認爲假而妙者,宋人雪中觀妓云:恰似春風三月半,
> 楊花飛處牡丹開。元人美人梳頭云,紅雪忽生池上影,烏雲半
> 捲鏡中天。[25]

「猶恐星河墜入樓」和「猶恐殘花落枕旁」這兩句詩是認假為真,而
又「楊花飛處牡丹開」和「烏雲半捲鏡中天」則又認真為假的妙趣
了。總而言之,我們可以體會到袁枚對詩作品的內涵精神,而重要的
貴在存真,也只有存真,才能顯露出自我的獨特風格,正如在前面所
述及的,在他看來「性情」是詩的根本,一切題材內容、格律、語
言、風格等等,都是「有定而無定,恰到好處」即妙,他並且對各流
派,各種風格的詩文無所不愛,也無所偏嗜,然而最主要是要看它有
無表現性情。袁枚最反對的是模仿宋、大談格律、主重形式等等來束
縛性靈,而他這種詩觀當然也是針對那時的文壇弊病而提出的,且進
而開拓出了一條清新高遠,精湛深入的境地,還有一點要提及的是袁
枚提倡性靈說,解放詩作的不受束縛等,這些與他原本自由、與人為
本位的享樂主義思想應該是有著互為表裡的關係,能夠成立一套完整
的組織、系統與觀念,於此袁枚不能不算是位天才詩人文學家了。

---

[25]《隨園詩話》卷三。

# 試論歸震川的文章風格

## 一　時代背景

　　元人統治中國將近一世紀，當世祖於立國之初，尚知重用漢人儒士劉秉宗[1]，為之建立禮儀典章，惜秉宗早死，政教因而失去重心，自此之後，便遠離漢儒，而希望能馬上治天下。然由於文化根基薄弱，又不解治道。不久，敗象已顯，迄荒淫無度的元順帝敗亡，歷八帝前後九十年（一二七九～一三六八）。

　　在這期間，元人多方壓迫漢人，摧毀中國文化，把人民分為四等，蒙古人（國人）、色目人（西域）、漢人（黎丹、女真、高麗及漢人）、南人（南宋人），科考時蒙古人、色目人為一榜，漢人、南人為一榜，難易不同，授官有別。中國文化在這時的確受到了空前的一大頓挫，而朱元璋就趁此內亂頻仍之際，揭竿而起，驅逐元室，定都南京，建立了明帝國。

　　朱元璋決心上承唐宋，恢復漢制。另一方面獎勵中國的舊文化。科舉以四書、五經命題，文須摹擬古人語氣，不許自作議論，體用排偶，有規定的程式，叫做「八股」，通稱「制義」。然而這種科舉方

---

[1] 劉秉忠，字仲晦，初名侃，因從釋氏，又名子聰，拜官後始更今名，其先瑞洲人，世仕遼，為官族。其生而風骨秀異，志氣英爽不霸，自幼好學，至老不衰。雖任極人臣，而齋蔬食，終日澹然，不異平昔，《元史》卷一百五十七有傳。

式，自然束縛了才智思想，阻礙了文化的進步。而歸震川先生就在這種考試制度下奮鬥了一輩子，一直到六十歲時才考取了進士。

## 二　思想觀與明代文風

　　歸有光，字熙甫，又字開甫，別號震川，又號項脊生，學者稱震川先生，年六十六歲（一五○六～一五七一），前後經歷了武宗、世宗與穆宗三朝，嘉靖四十四年以進士授長興令，隆慶中為南京太僕寺丞，卒於官內。然而震川先生的思想源出於六經，他說：

> 當周之時，去先生未遠，孔子聘於列國，志欲行遠。晨門、荷蕡、沮弱，文人之徒，皆譏之，孔子不以為然，而道竟不可行，其與學者論政，未嘗不歸於道。如答仲弓子張之問仁，皆言政也，諸子有志於治國，而春風沂水之趣，終不及曾點，故孔子舍三子而與曾點者，以此，子游為武城宰，以禮樂為教，至論君子小人，皆以學道為主，則孔氏之門，雖所施有大小，其與孔子之治天下一也。（《全集》卷四〈道難〉）

又

> 夫學者之學，舍德行而有言語之名，為宰我子貢者，亦可恥笑。曾子曰：唯。顏子如愚，二子不為無實之言，而卒以至於聖人之道，孔子曰：予欲無言，聖人之重言也如是，聖人非以言為言重者也，四時行，百物生，聖人之道也。

在這裡所說的「道」，就是震川先生在長興時所推行的教化，以德化

民的道。因此從這點看來，其思想應該是以儒家仁政禮樂觀念為中心的。後來出任縣令時，他就很積極地以這種仁心去推行仁政，親愛人民，深入地瞭解民情，宵旰從公，解決民生疾苦，如在〈乞休申文〉[2]中，云：

> 職一切弛解，召婦人幼童，與之吳語，務得其情，凡有訟獄，吏抱牘以至，方閱其詞，就問即決，誰鬼神不預知，吏無由得知而容其姦也。凡小民至前，雖甚倥傯，即先呼發遣，恐鄉里往來伺候之難，亦不數數具獄，但誨諭令服輸，皆叩頭以去。

從文中可看出歸氏的確是一位好縣令，而他這種仁厚愛民的觀念作風，可以說是受了聖賢、經書的薰陶，以及母教的影響。其次，震川先生從幼年就遭到諸多不幸，故其宗族觀，尤其是宗法制度的關係，特別的強烈，在〈家譜記〉中，云：

> 古人所以立宗子者，以仁孝之道責之也，宗法廢而天下無世家，無世家而孝友之意衰，風俗之薄日甚，有以也。

接著他寫了〈歸氏世譜〉，其主要的目的是讓族人都有宗族的觀念，以及大家和睦相處，團結合作的精神，而儒家中的仁愛思想觀，可說後來深深地影響了歸氏在文學上作品踏實風格的建立。

明代的散文，派別甚多，生氣蓬勃，例如宋濂、劉基等人由元入明的作家，由於他們的經過元朝末年的大動亂，對現實的社會有了深刻的體認，在政治上也遭遇到了不同程度的迫害，所以表達在作品上

---

2 《歸震川全集》別集（臺北市：世界書局），卷九。

也富有更深一層的意義，且也反映了明代開國初年所特有的蓬勃氣象。如：宋濂的〈閱江樓記〉、劉基的〈敬齋箴〉及〈述志賦〉等，文筆整飾，體制壓重，這些文章都是奉旨撰記。所以不乏規頌之言，於是開啟後來所謂「臺閣體」的先聲。在明朝二百七十年間，文學的變化發展大致可分為前後兩個時期。

弘治、正德以前，從永康到天順（一四〇三～一四六四）是為「臺閣體」詩文盛行時期。

當明朝中葉以後，曾經發生擬古主義與反擬古主義之爭議，於是就產生了「前七子」、「後七子」、「唐宋派」、「公安派」、「竟陵派」以及晚明小品文作家與「復社」愛國主義作家。

而在這當中，歸震川是屬於「唐宋派」的代表作家之一。此外還有王慎中、唐順之、茅坤等，他們推崇韓愈、柳宗元、歐陽修、曾鞏、王安石和蘇東坡的古文傳統精神，對復古派風進行了針鋒相對的論爭，在理論與創作方面，有破有立，取得不小成績。

歸震川所作古文原本經術，好太史公書，得其神理，當時王世貞主持文壇，震川力相抵排，目為盲庸巨子，世貞大憾，其後亦心折震川，為之讚曰：「千載有公，繼歐陽，余豈異趣，久而自傷」《明史》〈文苑傳〉。可見多麼受到世貞的推重。

歸氏的散文風格，蓋出於《史記》及唐宋八家的韓愈與歐陽修。關於這點前人已經有所論述。震川生平最好《史記》，相傳嘗用五味筆圈點其書，標明起結轉折處，讓學者有法度可依循，然而在《明史》〈文苑傳〉，〈列朝詩序小傳〉（錢謙益）及王錫爵所寫的誌銘未述及此事，然而章實齋在《文史通義》中確曾論及震川評點《史記》之文字[3]。可是至於震川性獨好《史記》，這點的確是事實。在《歸震

---

[3] 章實齋《文史通義》內篇二〈文理〉有云：「偶於良宇案間見《史記》錄本，取觀之，乃用五色圈點，各為段落，反覆審之，詢之良宇，啞然失笑，以謂：己亦厭觀

川全集》卷二〈五嶽山人前集序〉中，云：

> 宗固鄙野，不能得古人萬分之一，然不喜爲今世之文，性獨好
> 《史記》，勉而爲文，不《史記》若也。玉叔好《史記》，其文
> 即《史記》若也。

又《全集》卷十五〈花史館記〉中，云：

> 而子問必挾《史記》以行，余少好是書，以爲自班孟堅，已不
> 能盡知之矣。

又《全集》卷十七〈陶庵記〉文中亦云：

> 余少好讀司馬子長書，見其感慨激烈、憤鬱不平之氣，勃勃不
> 能自抑。以爲君子之處世，輕重之衡，常在於我，決不當以一
> 時之所遭，而身與之遷徙上下。

除了《文史通義》之外，在其他文獻上雖沒有記載震川評點《史記》
的文字，但是從上面這兩則文字中，或可以補證歸氏喜好《史記》的
程度。震川「性獨好」及「少好」《史記》，當然對太史公書下過一
番研究工夫的，歸氏圈點《史記》，主要是勾出文章的神理筋節，揭
示文章的訣竅，終令初學者在啟發有所作用。後世桐城派文家專講義
法，以為文章必「言之有物，言之有序」，得歸氏評點《史記》之原
應該也是很深的吧！

---

之矣。其書云出前明歸震川氏，五色標識，各為義例，不相混亂……。」

　　震川除了熟點《史記》之外，他還推崇唐宋八大家散文的成就，力矯「文必秦漢」的見解，這在中國文學史上是有它的功績的。因為在明朝中葉，也就是弘治、正德年間，李夢陽、何景明、徐禎卿、邊貢、王延相、康海、王九思等因為反對當時「臺閣體」的文風，而提出了所謂「復古主義」的口號「文崇秦漢，詩必盛唐」，提倡文章要取法秦漢的艱險，而不是取法平易。他們以為後人必須根據這種標準作為創作的法規，其實「臺閣體」這種文學主張無疑是內容空虛，文詞冗沓而發展到另一以逐字逐句摹擬雕琢的方向。前七子遭到嘉靖年間，王慎中、唐順之所提倡的唐宋文運動的打擊，氣勢漸衰，但是後七子又造成「復古主義」的復興。此時王世貞繼承二李（李夢陽、李攀龍）主持文壇，歸震川則針對王世貞表達了反對的意見。云：

> 蓋今世之所謂文者，難言矣。未始為古人之學，而有得一二妄庸人為之巨子，爭附和之以詆排前人。韓文公云：「李杜文章在，光燄萬丈長。不知群兒愚，那用故謗傷，蚍蜉撼大樹，可笑不自量。」文章至於宋元諸名家，其力足以追數千載之上而與之頡頏。而世直以蚍蜉撼之，可悲也。無乃一二妄庸人，為之巨子以倡道之歟，思堯之文。固無俟于余言，顧今之為思堯者少，而知思堯者尤少。余謂文章，天地之元氣，得之者，其氣直與天地同流。雖彼其權，足以榮辱毀譽其人，而不能以與于吾文章之事，而為文章者，亦不能自制其榮辱毀譽之權於己，兩者背戾而不一也。（《全集》卷二〈項思堯文集序〉）

在這段文字中的「妄庸人」，指的是王世貞輩。王氏贊成「文必秦漢」，並且又說「唐文庸，宋文陋」（《藝苑卮言》）的話。所以歸震川在這裡不僅推崇宋朝，甚至還推舉元朝，來加以反對，其實學秦漢

是摹擬，而學唐宋也是離不開摹擬，但是秦漢的文章比起唐宋來得有
規矩與法度可以依循，其次最重要的一點是秦漢的文章與當時的語言
較隔閡，而唐宋方面則與當時的語言比起來較為接近。所以在後七子
的文章上常常是「勾章棘句」，至於提倡唐宋文方面者，在文筆上顯
得平淡自然，這點在前面所引〈項思堯文集序〉便可看出歸氏的自
信。

　　震川在《歸震川全集》卷十〈送同年孟興時之任成都序〉云：

　　　　安定孟興時與余同年進士，而以余年差長，常兄事之，余好古
　　　　文辭，然不與世之爲古者合，興時獨心推讓之，出其意誠然也。

又《歸震川全集》別集卷七〈與沈敬甫〉云：

　　　　僕文何能爲古人，但今世相尚以琢句爲工，自謂欲追秦漢，然
　　　　不過剿竊齊梁之餘，而海內宗之，翕然成風，可爲悼嘆耳，區
　　　　區里巷童子，強作解帶者，此誠何足辨也。

從這兩段文字中，可以清楚地看出歸震川對自己的作風作了說明，同
時也可說是他的觀念與主張。

　　至於歸氏與桐城派的關係，指對後世的影響而言，在《四庫提
要》有這樣的一段評論古文的文字。云：

　　　　古文一脈，自明代膚濫於七子，纖佻於三袁，至啓禎而極敝，
　　　　國初風氣還淳，一時學者始復講唐宋以來之矩鑊，而琬與魏
　　　　禧，侯方域稱爲最三……盧陵、南豐固未意言，要之，接跡
　　　　唐、歸，無愧色也。

清初汪琬、魏禧、侯方域三位古文大家,他們矯正宋的弊風,而重振唐順之、歸震川一派的遺緒,到了後來的桐城派(方苞、劉大櫆、姚鼐等)也是學習歸震川的作風,為什麼這樣說呢?那是因為思想基礎相同,再而就是為避免清朝的文字獄,不敢寫大事情,而專寫生活上的瑣事,文筆則力求疏淡。又方苞在〈古文約選序例〉中說到他自己的文統,由六經、《語》、《孟》,其根源也,而次《左傳》、《史記》[4],各自成書,且有首尾,不可分剟,其次《公羊》、《穀梁傳》、《國語》、《國策》,再其次唐宋八大家,以及最後是明代的歸有光。從這層次序列中可以瞭解到,歸氏與當時桐城派的文風影響上是有著極密切的關係。

雖然歸氏與桐城派有著如此的關係,但是桐城派所承襲卻偏而不全,其中主要原因為桐城文的感情不如歸氏的豐富,其次不以俚俗入文,缺少這兩點就很難表達一篇文章在內容上的真摯情感。

## 三 作品分析

震川先生的文章風格特色,根據個人的蠡測,可分為以下三點:
(一)以至情之言語,隱秀入文。
(二)以清新的文字,寫不朽的篇章。
(三)以史家之史筆,寫家庭社會人間事。

《歸震川全集》中所收的文章共分二十四類之多,五百篇作品

---

4　見方苞《古文約選》序例:「蓋古文之從來遠矣,六經、《語》、《孟》,其根源也,得其支流而義法最精者,莫如《左傳》、《史記》……其次《公羊》、《穀梁》、《國語》、《國策》,再次則兩漢書疏,及唐宋八大家之文。」

（作品篇數如附表），其中壽序佔第一，其次是贈序，第三是記、墓誌銘、傳等。

| 類別 | 篇數 |
|---|---|
| 壽序 | 76 |
| 贈序 | 63 |
| 記 | 57 |
| 墓誌銘 | 57 |
| 書 | 34 |
| 題跋 | 31 |
| 哀誄、祭文 | 31 |
| 序 | 30 |
| 論（議說） | 22 |
| 傳 | 21 |
| 銘、頌、贊 | 15 |
| 碑碣 | 13 |
| 雜文 | 12 |
| 經解 | 9 |
| 權厝誌、生誌、壙誌 | 9 |
| 行狀 | 8 |
| 墓表 | 7 |
| 譜、世家 | 5 |
| 合計 | 500 |

歸氏的文章（壽序、贈序、記與墓誌銘）多為應酬之作，由於某些文章是屬於應酬性的，所以在評價上就顯得低一些。清代桐城派方苞曾經批評。云：

> 震川之文，鄉曲應酬者十六七，而循請者之意，襲常綴瑣，雖欲大遠於俗言，其道無由。（《方望溪全集》卷五〈書歸震川

文集後〉）

雖然如此，但是歸氏留存到後世的作品總有它的價值存在的。現在擬以三點歸納討論分析歸氏的一些作品：

（一）以至情之言語，隱秀入文

　　在文集中最短的一篇文章〈寒花葬誌〉。全文一百一十個字。此為歸氏嘉靖十六年（一五三七）的作品。內容在表達對寒花的不幸早逝，死後葬於荒丘的可悲命運。

　　寒花是魏孺人（歸震川的元配夫人）的陪嫁女奴。魏孺人不幸在結婚六年後（一五三五）因病逝世，之後不久寒花也生病早逝。歸氏雖然討了繼室，可是對魏氏始終不能忘懷，所以在作品中作者雖在寫寒花，其實也是在對亡妻魏氏寄以深摯的悼念。

　　以作者的至情發而為文，當然文章的感人也就深入了。如：

> 婢，魏孺人媵也，嘉靖丁酉五月四日死，葬虛丘，事我而不卒，命也夫！（〈寒花葬誌〉第一段）

又：

> 回思是時，奄忽便已十年。吁，可悲也已。（〈寒花葬誌〉第三段）

歸氏以最簡潔的文字抒發其對寒花的愛憐與哀思，然他是用胸臆的方式來描寫的，注入的感情十分的真實與強烈，可是歸氏最出色的抒情寫作技巧並不是這種直抒胸臆方式，而是寄情於事，即事抒情的方式，如：

> 婢初媵時，年十歲，垂雙鬟，曳深綠布裳。一日，天寒，爇火
> 煮荸薺熟，婢削之盈甌。予入自外，取食之；婢持去，不與。
> 魏孺人笑之。孺人每令婢倚几旁飯，目眶冉冉動，孺人又指予
> 以爲笑。（〈寒花葬誌〉第二段）

作者將他的深情蘊含在對寒花生前的三件小事上。

1. 初到歸家時的打扮。
2. 煮荸薺時的舉動。
3. 吃飯時的神態。

這三件事都是屬於平時生活上的瑣事，也正因為這個原因，所以才更
能把寒花的天真稚氣形象活生生地表達出來。寒花只活了短短的二十
年，在這短暫的歲月中，她並沒有什麼事業功勞、嘉言懿行，故作者
以平常所見到的事情來描寫，使文章的內容達到了生活化，親切感人。

又如《項脊軒志》[5]：

> 項脊軒，舊南閤子也。室僅方丈，可容一人居，百年老屋，塵
> 泥滲漉，雨澤下注，每移案顧視，無可置者。又北向，不能得
> 日；日過午已昏。余稍爲修葺，使不上漏；前闢四窗，垣牆周
> 庭，以當南日；日影反照，室始洞然，又雜植蘭桂竹木於庭，
> 舊時欄楯，亦遂增勝，借畫滿架，偃仰嘯歌，冥然兀坐，萬籟
> 有聲。而庭階寂寂，小鳥時來啄食，人至不去。三五之夜，明
> 月半牆，桂影斑駁，風移影動，珊珊可愛。

---

5 《歸震川全集》（臺北市：世界書局），卷十七。

在這段文字中有三層意思。

1. 百年老屋，破舊不堪，室小，漏雨，北向及無日光。如此老舊
的房屋，有何值得作記之處呢？

2. 稍為修建，以日影反照取光，勉強可居住，再雜植些花樹，美
化室外環境，便成了一個良好的讀書環境。

3. 接著寫此地的環境，說出一個「靜」字。從「靜」又聯想到一
些可喜可悲的事情。於是緊接著文章是：

> 然予居於此，多可喜，亦多可悲。先是，庭中通南北為一，迨
> 諸父異爨，內外多置小門牆，往往而是，東犬西吠，客踰庖而
> 宴，雞棲於廳。庭中始為籬，已為牆，凡再變矣。

前面寫項脊軒的靜境以珊珊可愛作結，而人在這幽靜的環境中生活應
該是可喜的事，可是作者文筆一轉，用一「然」字點出了喜外還有
悲，不僅是一味的「靜」而已。下文的「亦」字，極為重要，以這個
「亦」字表示出悲事居多，而「亦」與「然」也正好形成上下相呼應
那些可悲的事？

## （1）諸父異爨，家庭衰落情況

歸氏有很強烈的宗族觀念，在〈家譜記〉中有云：

> 父母兄弟吾身也，祖宗父母之本也，族人兄弟之分也，不可以
> 不思也，思則飢寒而相娛，不思則富貴而相攘；思則萬葉而同
> 室，不思則同母而化為胡越，思不思之間而已矣。

當伯叔輩分家後不睦的情形，無不使震川感傷萬分。尤其是「多置小

門牆」、「東犬西吠，客踰庖而宴，雞棲於廳」、「始為籬，已為牆」
等句看來，諸父在感情上已有了隔閡，不相往來的地步了。

## （2）母親的懷念

自己八歲喪母，現在從老嫗（奶媽）的口中，觸發了生平最大的
悲痛，而這閣子以前是老嫗的住所，母親也曾經來過，這些事情引發
了不少心中的感傷，所以才會有：「語未畢，余泣，嫗亦泣。」

## （3）祖母的回憶

震川的祖母姓夏，外高祖太常公是夏昶，明代畫竹專家，在全集
〈懷竹說〉一文中曾提及云：

> 夏太常風流雅韻，寄於楮墨間，意之所至，揮灑所及，有不自
> 知，雖為好事者所珍襲，然不足以為太常重，蓋太常非命於竹
> 者也，適也，而其子孫懷之者，非囿於竹者也，情也。

可見夏昶是位風流倜儻，閒適寬達的畫家，震川的祖母盼望他讀書有
成，而他寫這篇文章時，依照年譜中的記載是三十歲，這時不但尚未
考上進士，就連五應鄉試也沒考中！故回憶起祖母來此軒時所說的
話，不免要悲從中來了。

文章發展到最後是：

> 余既為此志，後五年，吾妻來歸；時至軒中，從余問古事，或
> 憑几學書。吾妻歸寧，述諸小妹語曰：聞姊家有閣子，且何謂
> 閣子也？其後六年，吾妻死，室壞不修。其後二年，余久臥病
> 無聊，乃使人復葺南閣子，其制稍異於前，然自後余多在外，

不常居。庭有枇杷樹，吾妻死之年所手植也；今已亭亭如蓋矣。

在這段文字裡有喜也有悲。先寫喜，格外襯托下文悲的深切與悽惻，從吾妻來歸到小妹之間是喜事，其間可以看到兩人之愛，夫婦在一起，談古事、學書，特別是小妹之間，把文章顯得更深一層。可惜好景不常，其後六年，妻死，室壞不修，長久臥病，負葺南閣子，不常居，這些都是可悲的事。最後再以枇杷樹一段翻出新意，樹已亭亭如蓋，而亭亭之人已骨埋黃泉，不可見矣。顯出夫婦感情之真誠，思念之悽切。

文章道出家世的廢興，家庭的變故，全是事實，全是真摯的感情，沒有抽象的文詞，然而所寫可悲的事卻感人至深。衡量一篇文學作品的優劣，首先要看其感人之深淺，作者如不源於深情，不出於至誠，而希望其作品能感人，那是很難的。

（二）以清新的文字，寫不朽的篇章

歸氏以清新、精短的文字，寫下了不少名作留傳後世，而且這些作品在結構鎔裁上均能繁簡適當，真實而不笨拙。例如：

> 先妣周孺人，弘治元年二月十一日生，年十六來歸，踰年生淑靜，淑靜者，大姊也期而生有光，又期而生女子，殤一人，期而不育者一人，又踰年生有尚，妊十二月，踰年生淑順。一歲，又生有功。（《全集》卷二十五〈先妣事略〉）

又：

> 孺人之吳家橋，則治木棉，入城則緝纑，燈火熒熒，每至夜

分，外祖不二日，使人問遺。孺人不憂米鹽，乃勞苦不謀夕，冬月爐火炭屑，使婢子為團，累累暴階下，室靡棄物，家無閒人。（《全集》卷二十五〈先妣事略〉）

又：

予性懶出，雙扉晝閉，綠草滿庭。最愛吾兒與諸弟遊戲，穿走長廊之間。兒來時九歲，今十六矣。諸弟少者三歲，六歲，九歲。此余平生之樂事也。十二月己酉，攜家西去，予歲不過三四月居城中，兒從行絕少，至是去而不返，每念初八之日，相隨出門，不意足跡隨屨而沒，悲痛之極，以為大怪，無此事也，蓋吾兒居此，七閱寒暑，山池草木，門叙戶席之間，無處不見吾兒也。葬在縣之東南門，守家人俞老，薄暮見兒，衣綠衣，在享堂中，吾兒其不死耶，因作思子之亭。（《全集》卷十七〈思子亭記〉）

從前面所舉例文看來，歸氏的文章可謂以清新之筆，寫家庭瑣事，誠懇不造作，文字短簡，讀之令人有歡愉慘惻之思，溢於言語之外。所以劉勰在〈情采〉篇曾說：

是以聯辭結采，將欲明經，采濫辭詭，則心理愈翳，固知翠綸桂餌，反所以失魚，言隱榮華，殆謂此也，是以衣錦褧衣，惡文太章，賁象窮白，貴乎反本。

詞藻過於浮豔，說話就顯得詭譎，思想感情自然就被掩蓋而顯不出真實的感情，即體現真理話，反被文采所遮蔽了。

（三）以史家之史筆，寫家庭社會人間事

　　歸氏的文章源於《史記》韓曾之外。又能旁推交通，所作大抵折衷法度，歸本於端良[6]，又「性情淵永」（王世貞贊序語）。《列朝詩集小傳》云：「熙甫重生平知己，每敘張文隱事，輒為流涕」，可以想見其性情敦厚矣！所以其發為文章，忠厚誠摯，讀其描述家庭朋儕間的瑣碎事，無處不厚蘊深情，與歐陽永叔相似，至於敘述至細膩處，又遠越歐陽氏而上之，所以能出入八家之軌，自成一系統風格。

　　我們讀《史記》時發現太史公在〈列傳〉中喜歡記敘些小事件穿插其間，而且這些小事情都是具體性的，並非隨意點綴，其乃基於人物的理解、個性的探析，藉以更好地塑造人物的形象。如：

> 萬石君少子慶，爲太樸，御出，上問：車中幾馬？慶以策數馬畢，舉手曰：六馬。慶於諸子中最爲簡易矣，猶然如此。（《史記》〈萬石君傳〉）

又：

> 其父爲長安丞，出，湯爲兒守舍。還，而鼠盜肉，其父怒，笞湯。湯掘窟，得盜鼠及餘肉；劾鼠掠治，傳爰書，訊鞫論報，拜取鼠與肉，具獄磔堂下。其父見之，視其文辭，如老獄吏，大驚，遂使書獄。（《史記》〈酷吏列傳〉）

現在再舉歸氏的傳文來看，如：

---

6　歸氏曾孫歸起序其文集：「他如贈送慶賀之文，弔祭悲哀之作，靡不折衷於法度，歸本於端良，不以浮詞諛人，不以綺語加物，則公之修辭立誠，蓋可知矣。」

與其兄耕田度日，帶笠荷鋤，面色黧黑。夜歸，則正襟危坐，
嘯歌古人，飄飄然若在世外，不知貧賤之為戚也，兄為里長，
里多逃亡，輸納無所出，每歲終，官府催科，搒掠無完膚，自
新輒詣縣自代，而匿其兄他所，縣吏怪其意氣，方授杖，輒止
之，曰，而何人者？自新（張鴻）曰、里長，實書生也。試之
之，立就，慰而免之。（《全集》卷二十六〈張自新傳〉）

又：

可茶為秦越人之術，醫者稱工焉，始可茶有賢母、早寡。欲為
縣書獄，母曰：為是者多辱，苟貧不能業。獨不可賣蚊幬涼簟
遣日乎，可茶願為醫，其女兄之夫沈氏顗顗，在練城世有傳
業，可茶日往記數方，還錄之，又觀其製劑和丸，皆得之，乃
為醫，方坐肆，有求療者，饋紅菱青蕳，母喜曰，是子醫必
傷，饋鮮菱者，如仙靈也，方言以家饒裕為從容是諗之兆耶。
（《全集》卷二十七〈可茶小傳〉）

又：

夫人徐氏，夫亡時，年二十九，子經甫七歲，即錦衣也，家貧，
克厲清操以拊其孤，及錦衣貴，終不改其淡泊，故錦衣家有高
節之堂，今皇帝以親藩入繼大統，國中舊臣，皆用恩澤升，錦
衣年甚少，補環衛，積功勞至指揮使，錦衣之職，於上十二衛
最親貴，兼領詔獄，士大夫被逮者，多見掠奪，少有全者，而
錦衣恂恂然，為人尤仁恕。（《全集》卷二十六〈戴錦衣家傳〉）

從以上所舉的例子比較看來，歸氏的文章特色與太史公的精神頗為接近，以小事件穿綴其間，文字忠實，並且熟察深悉人物的用語，洞明滲透了人物的生活，正確地瞭解人物的個性，所以才有這種提煉性的語言。其次在歸氏的文集中，凡是忠臣、節婦、孝子或烈女[7]，他都立傳作記予以表揚，在當時的社會環境下要表彰節義，在心中如果沒有一股強烈的道德勇氣是不可的，而歸氏則毫無畏懼地為文表彰節烈，他那凜然的精神風格，其必有所承？所以姚鼐曾說：「於不要緊之題，說不要緊之語，卻自風韻疏淡，是於太史公有深會處。」是有它的道理的。

## 結語

歸震川是明代「唐宋派」的代表作家之一，在文學史上佔有相當重要的地位，不僅如此，其對清代的桐城派也有極密切的影響，如方苞、姚鼐、曾國藩等，他們的文統由六經、《史記》，唐宋八大家而歸有光，然而本文主要是從歸氏的時代背景，家學淵源及當時的文學風貌上論述，探討有關震川先生的文學主張以及後來形成他風格特色的主要原因。

當然在這裡不能不注意到他的思想傳承，儒家仁政禮樂觀念及母教等內因，其次再加上外緣等因素，而造成這樣一位文學大家。所以吳南屏在《歸震川文別鈔》序云：「蓋明朝以四子書之文取士，而文章莫盛焉，三百年間，傳者數十家，而震川歸氏為之雄。而明之言古文者，亦未有如歸氏者也，余觀歸氏之文，遠宗乎司馬，近迹乎歐曾，其為學大精博，而其意見亦絕高，豈區區甘為帖括者，徒以老困

---

[7] 歸氏於文集中表彰節義者甚多，其中尤其是節婦與烈女，見《歸震川全集》卷二十四及卷二十七，忠臣與孝女分別見《全集》卷三十及卷三十六等。

場屋，而從遊者請業之徒，舍是亦無間焉者，故出其餘，而遂絕一代矣。」至於在論析歸氏的作品方面，蠡測三點加以舉例分析：

（一）以至情之言語，隱秀入文。

（二）以清新之文字，寫不朽的篇章。

（三）以史家之史筆，寫家庭社會人間事。

綜合說出文學作者執其高尚的人格，挾其濃厚的感情，出之至誠，發而為文，其感人之能力至深，自然就成為不朽的傑作了。其次再說出歸氏以清新之文字，史家之史筆，誠摯為文，表彰節烈，凡描述家庭朋儕間之瑣碎事，無處不厚蘊深情，加上熟察深悉人物用語，洞明世間生活，出入八家之軌，得太史公之神髓，而自成一獨特風格。

# 李綠園及其小說《歧路燈》

　　我第一次看到李綠園這本《歧路燈》小說是在日本國立大阪大學文學部進修研究的時候。後來回到國內以後，某天我在書攤上又發現了這本小說，它已經被出版商排印出來了！趁著課餘之暇再度地將這本小說讀了一遍！

　　《歧路燈》是介於《儒林外史》和《紅樓夢》間的一部極重要的作品，其內容主要是在描述十八世紀中國過去社會普遍人民生活情形。這本小說的抄本流傳至今多數不齊全，而且回次、章節、人物、形象也多被竄改或扭曲，現在我們在書市上看到的是由葉縣傳出的一舊抄本及鄭州市圖書館所藏的一晚清抄本，都是一〇八回，並且是經校正過後的。

　　在這裡我想介紹及探討有關李綠園之歷史背景及其撰寫小說之緣起與流傳經過。《歧路燈》作者李海觀，字孔堂，號綠園，河南汝洲寶豐縣人，康熙四十三年（一七〇七）生，乾隆五十五年（一七九〇）卒，享年八十四。綠園的原籍是河南新安，祖父李玉琳，他是個秀才，乾隆年間河南著名古文家劉青芝在《江村山人續稿》卷二，〈寶豐文學李君墓表〉中曾有這樣的一段記載：

　　余嘗聞新安李孝子玉琳尋母事云：康熙辛末歲，大饑。玉琳兄弟，方謀奉母就食西方，會洛陽歲試，王琳乃留試，遣弟玉玠

　　負母赴南陽去矣。試竣，持七十錢，星夜奔瀕，抵南陽之梅林
鋪，音問渺然。值日將暮，計窮情急，乃坐道旁呼天大號曰：
「我新安李某也，尋親至此，已八百里，足繭囊竭，而親不可
得，獨有死耳！」益大號。突有倉皇來前者，即玉玠也。玉
玠已爲土著延作塾師。坐問，忽心動若有迫之者，曰：「起！
起！汝兄至矣。」急出戶，聞號聲乃前，與玉琳相持泣歸。

這段故事流傳甚遠，一直到後來編修《新安縣志》時，還被寫進去
（卷十五〈雜記〉）。李玉琳被世人稱為「尋母孝子」。由這個記載
中，我們可以揣知其家境之一二，第一、是個讀書的家庭，第二、在
當地來說應算是個小康之家。可是後來卻遭到天災而無餘裕應付，所
以不得不扶老攜幼外出逃荒，他這次逃離新安，再也沒有回到家鄉去
過。在康熙辛未（康熙三十年），李玉琳又流落到汝洲寶豐縣，於是
便在滍水南岸，魚山腳下一個叫做宋家寨的小村子裡定居了下來，靠
教書慢慢地建立起家業，晚年逝世後便歸葬於新安蘇園。關於玉琳的
生卒，不可確考，約死於康熙末年或雍正間。他長於《春秋》，著有
《春秋文匯》，不傳。也能作詩，乾隆八年修的《汝洲續志》中載有
其詩作一首，題名叫作〈魚齒山〉。

　　綠園出生於宋家寨，時已移家十六年了。其父名叫李甲，寶豐庠
生，但是事蹟在《寶豐縣志》中並無記載，現存子孫輩中的詩文也甚
少提到他。所以他在一生中做過什麼事，也無法知道。他的志行事
狀，僅有劉青芝在〈李甲墓表〉裡曾有所述及，表中對其事母一事載
記頗詳[1]，看來也是一位孝子。

---

[1] 綠園葬父時，曾請劉青芝為李甲墓寫碑文，其中有云：「及玉琳歿，仍歸葬新安祖
　　塋，實距新六百里，文學君春秋霜露，祗荐頻繁，歷數十年不愆期，後以年耋，子
　　弟請間歲行之，君已諾焉。夜半，忽招諸子至榻前，涕泪橫流曰：『吾適夢入汝祖

　　綠園在這樣一個書香世家中，相信自小便讀了不少書。他在三十歲（一七三六）時中試乾隆元年恩科舉人[2]。但是在中舉後，科名上並不順利，從三十歲到四十歲前後曾三逢會試，然從未博春官一第！繼而父喪後十二年間，共逢四科會試（乾隆丁巳、己未、壬戌、乙丑），綠園當不止一次赴京考試，但均報罷。在他的小說《歧路燈》中，有一位讀書人，一生未考中進士，後來雖也做了官，不足以慰其平生，深以自己名字前不能寫上「賜進士及第」幾個字為恨，這或許正是描繪綠園的經歷，同時也可說是代表同時代多數讀書人的感情吧！

　　至於說到他疊上公車，也可由《歧路燈》中取證。在小說中寫開封到北平的旅途，如此的詳盡細膩，應不是一位匆促於旅途一次的人所能寫得出來的，還有寫北平的生活環境也可以作為某些方面上的指責。綠園一生在北平當有多次為期不短的居留，現存有關他寫北平或寫於北平的詩篇，大約共有六首，如：《綠園詩殘卷》的〈洗象〉、〈石鼓篇〉、〈京邸庚伏憶家中農況六絕句〉、〈京師隆福寺養花□□□□□□至後春花無不爛放為□□□□異觀〉等。這幾首詩大約是李綠園疊上公車後的作品。

　　綠園中舉後，從事過什麼職業，傳記並無記載，只有在開封居留的時間較在北平來得長久，這些都可從《歧路燈》取證。《歧路燈》這本小說中的故事是發生在開封，而書中人名的各種活動，百分之

---

墓中，面如生存，至今恍然在吾目。』因仆地哭，不能起。黎明即就道，赴新安省墓。母病腿痛，君常翼之行，雨雪則負之。群兒相隨而笑，君亦笑謂之曰：『汝曹笑老叟負耶？』時市果粟納母衣袖中，小兒女爭來索，母笑而分給之。母重聽，然喜聞里巷間好事，母坐臥指童，以色授母，母目之而省，時為頤解。其因時隨事，委曲以博高堂之歡者，多此類也。」

[2] 清代科考，本有一定年份，會試逢丑、辰、未、戌年份舉行，鄉試則逢子、卯、午、酉年份舉行，均三年一科。如果朝廷有什麼慶典或特恩，則開恩科，乾隆丙辰為乾隆元年，是乾隆皇帝愛新覺羅·弘曆即位後改元的一年，不逢鄉試年份，因而開了恩科，李綠園就在這一年考取舉人。

八十以上是以開封城區為背景的。他所寫的街市、里弄、官署、城
闕、寺觀、庵堂、古蹟、勝景，其方位、座落、走向，經查找對比之
後，均準確無誤。再而至於描繪世態風習方面，上至官儀、衙規，下
至市廛、酒肆、里弄、博物，各色人物的服飾、舉止、口吻、心情，
也都是同一時代一個省城氣象的寫照。根據這些來觀察，如果是一位
不熟悉開封的人，是很難如此清楚地描繪出來的。我們翻閱《綠園詩
鈔殘卷》及清道光楊淮編的《國朝中州詩鈔》卷十四中，有關李綠園
寫開封的詩篇僅錄存一首，那就是〈登大梁上方寺鐵塔絕頂〉，現抄
錄如下：

> 浮屠百尺矗秋光，螺道盤空俯大荒。
> 九曲洪波來碧落，兩行高柳入蒼茫。
> 宋宮艮岳埋淤土，周府彫垣照夕陽。
> 惟有城南岑蔚處，吹臺猶自說梁王。

這首攀登大梁上方寺鐵塔詩，應是中年時的作品，如果是晚年的話，
在體力上可能無法「至絕頂」。

　　李綠園大約是在四十二歲撰寫《歧路燈》，七十二歲時脫稿於新
安，前後共寫了三十年，完稿後未曾出版，二百年間以抄本流傳，西
元一九二四年，洛陽曾出現過石印本（民清義堂本），當時並未作任
何雙勘。西元一九二七年，馮芝生及馮沅君兄妹曾以由家鄉所得抄本
與石印本對勘，分段加上標點，交由北平朴社排印，且又得五四時期
詩人徐玉諾及甲骨學專家董作賓先生的熱情相助，但是那時僅印一冊
（二十六回）便告終止。

　　其實《歧路燈》抄本，最早是由新安傳出，一直到晚清，遍布兩
河，很少傳到省外，所以鮮為人知。除方志外，民國初年蔣瑞藻編輯

《小說考證》時，才第一次著錄。自此而後，《歧路燈》這部小說才廣泛地受人注意和知悉。接著，孫楷第《中國通俗小說書目》及孔另境《中國小說史料》也都給予介紹。孔書重錄了蔣書所收資料，而當時蔣瑞藻並未見到過《歧路燈》的原抄本，他只是引一「缺名筆記」的記載來的。

　　至於李綠園撰寫《歧路燈》的緣起是什麼呢？其經過又如何？關於這一點，他在自序中曾有很清楚地說明，現摘錄如下：

> 余嘗謂唐人小說，元人院本，爲後世風俗大蠹。偶閱闕里孔雲亭《桃花扇》，豐潤董恒岩《芝龕記》，以及近今周韻亭之《憫烈記》，喟然曰：吾故謂塡詞家當有是也。藉科諢排場間，寫出忠孝節烈，而善者自卓千古，丑者難保一身，使人讀之爲軒然笑，爲潸然　，即樵夫、牧子、廚婦、爨婢皆感動於不容已。以視王實甫《西廂》，阮圓海《燕子箋》等出，皆桑濮也，詎可注目哉！因仿此意爲撰《歧路燈》一冊，田父所樂觀，閨閣所願聞。子朱子曰：善者可以發人之善心，惡者可以懲創人之逸志。友人皆謂，於綱常彝倫間，煞有發明。蓋閱三十歲以迫於今而始成書，前半筆意綿密，中以舟車海內，輟筆者二十年。後半筆意不逮前茅，識者諒我桑榆可也。空中樓閣，毫無依傍，至於姓氏，或與海內賢達偶爾雷同，絕非影射。若謂有心含沙，自應墜入拔舌地獄。乾隆丁酉八月白露之節，碧圃老人題于東皋麓樹之陰。

其中提及乾隆丁酉，為乾隆四十二年，上推三十年，則正好是綠園葬父之年，守制家居，一方面有的是餘暇，一方面是科名仕途淹滯，於是只好寄情寓志於筆墨，這是可以理解的事。在《歧路燈》的第一

回，是寫譚忠弼「念先澤千里伸孝思，慮後裔一掌寓慈情」，這也正符合作者丁難守制時的種種心情。

到綠園五十歲的時候，《歧路燈》已經完成大部分，後來由於「舟車海內」（指「出仕」）的原因而停筆。我們詳細翻讀時不難發現在八十回以前，文章情節刻畫細膩，筆意也酣暢，由此可知當為十年間寫就的。至於八十回以後則逐漸顯得疏略草率，筆意已不比前面精緻細膩，似為老年續寫。到老年，綠園的仁恕思想也顯得更濃些，對前半部多給予貶斥，視作「公孫洐（厭）」、「匪人」的本階級子弟，譚紹聞自不必說，即如盛希僑兄弟，也給予寬宥，得以善終，不僅從筆意，就是從故事的發展上，也教人讀後有斷裂之感，這一點也可說明，八十回後的作品為其晚年續作之另一證據。

綠園出仕將近二十年，他的官職都很小，津渡關隘卻窮經，在〈丙申今有軒夢餘口占〉一詩中提及某些自己生活上的寫照。詩云：

> 歸田賦就剩閑身，扶杖里門兩度春。
> 友憶前歡如隔世，詩翻舊稿似他人。
> 老覺文章終有價，宦惟山水不曾貧。
> 夢中偶到印江地，猶見吁呼待撫民。
> （見楊淮編《國朝中州詩鈔》卷十四）

詩中的「宦惟山水不曾貧」一句便可以反映出綠園對物質生活欲望是極其淡泊的，綠園在乾隆三十九年（一七七四）返抵家鄉寶豐。乾隆三十九年為甲午，後兩年為丙申，上面所提及的那首〈今有軒夢餘口占〉詩正是這時的作品，在詩的開始便寫到「歸田賦就剩閑身，扶杖里門兩度春」，也可知他辭官歸來不久。後來他又寫了一首〈襄陽

發程抵新野北望口占〉[3]，這年綠園約六十八歲，自此開始了他的老
年生活。當他返鄉後兩年，也就是乾隆四十年乙未（一七七五），開
始繼續寫小說《歧路燈》，在這段時間裡他除了寫小說之外，同時也
寫了不少詩作，計有：〈乙未三月登村右魚齒山〉、〈立夏登村右魚齒
山〉、〈丙申今有軒夢餘口占〉、〈辟邪歌〉、〈攬鏡〉、〈集陶〉等。
「今有軒」三個字為其老年時所取之鄉居軒名。看來綠園的晚年生活
並不閒適，在家鄉住不到三年，後來又在乾隆四十一年（一七七六）
未到老家新安。他與新安的關係是十分密切的，呂公溥曾有過這樣的
記載：「幼時曾來新。」（〈綠園詩序〉）。

綠園此次到新安，是他一生中最後的一次，居留的時間也比較
久，將近三年。回到幼年時的故鄉，主要是在省墓、探親以及訪舊，
在故鄉族人留他長住，把子侄輩托給他，於是他就在北冶鎮的馬行溝
居住了下來，當了教書先生。在新安的第一年，他做了兩件很有意思
的事，一是編定他的詩稿《綠園詩鈔》；其次是續寫完《歧路燈》小
說全稿，綠園在新安交游主要的為呂公溥昆仲及叔侄輩，呂氏為新安
地望，明末南京兵部尚書，《音韻日月燈》作者呂維祺的後人，世以
詩傳。公溥篤於友誼，在〈綠園詩序〉裡談及綠園的印象云：

> 達官數千里外，日手一篇，於蠻煙瘴雨中，卒全其諸生之本來
> 面目以歸。歸來依然故吾，見之者不知其為官，其胸中原自有
> 不容己之情，故發而為詩，自有真詩，工不工非所計也。

二十年的案牘簿書生涯，未使他染上絲毫官氣，依樣本來面目以歸，

---

[3] 〈襄陽發程抵新野北望口占〉：「半生擾擾幾關津，此日方歸萬里身，老去渾無難了
事，古來盡有未傳人。桃李園中花正好，雞豚社里酒應醇。但知晚趣皆天與，臘霰
秋風總是春。」

「見之者不知其為官」，並且還寫了兩首詩贈送給他！詩云：

> 吾鄉風教至今醇，萬里歸來一故人。
>
> 流水高山清以越，太羹元酒淡而真。
>
> 忘言沕穆欣相對，得句推敲妙如神。
>
> 惟我兄君君弟我，榻懸更解詎嫌頻。
>
> 　　　×　　　×　　　×
>
> 雲嶺虛懸待叩鐘，誰尋逸響躡高蹤？
>
> 雨齋弟子何須問，五柳先生未易逢。
>
> 賸有通家孔文舉，愁無仙侶郭林宗。
>
> 南陽耆舊知存幾，最愛躬耕老隊龍。
>
> （〈贈李孔堂〉二首。見《寸田詩草》卷五）

在乾隆四十四年（一七七九），綠園又由新安南返寶豐，在抵里門時曾寫有〈己亥新安南旋過滍河即景〉[4]，大約在返京後不久，又到北平，這應是最後一次了。在北平約住了四年左右，又於乾隆四十八年（一七八三）再回到寶豐，就一直到乾隆五十五年（一七九〇），逝世為止，享年八十四歲。綠園一生歷康熙、雍正、乾隆三朝，幾與十八世紀共始終。我們讀他所寫的這本《歧路燈》小說，它不僅讓人瞭解到當時的一些社會寫照，同時更重要的是作者純以布帛菽粟、家常瑣語，而間雜以經史掌故話頭，俾雅俗共賞；其次就是作者極力描寫家庭溺愛，世途險惡，如燃犀照渚，物無遁形，讓人知道一墮歧途，歷劫不復，如果不是大聰慧的人，回頭猛醒，知悔知恥，就不能

---

[4] 〈己亥新安南旋過滍河即景〉：「迤邐徒杠跨碧溪，殘霞點綴夕陽西。四壁雲山曾鴻爪，一灣流水又馬蹄。荻岸漁竿泥滑滑，沙洳牧笛草萋萋。居然大地丹青引，直向吟翁欲索題。」道光《寶豐志》卷十五《藝文》。

易胎換骨，出生入死。

　　李綠園留存到後世的著作除了以上所提到的《歧路燈》小說之外，尚有《綠園文集》不分卷、《綠園詩鈔》四卷、《拾捃錄》十六卷、《家訓諄言》一卷等。

# 試論王維的詩情畫意

　　唐代詩人王維在中國文學史上佔有極重要的地位，不論他的散文或詩作品，只要稍涉及中國文學的人，大致都曾誦讀過。而在他作品中最膾炙人口的就是所謂的「詩中有畫」的作品了。山水詩與山水畫的密切結合的寫作方法就是由王維開其端的。我們知道詩畫結合並不是一件容易的事，一般上來說，詩是不宜於描寫靜態的，如果要描寫，那就必須把靜態化為動作，同樣的繪畫也不宜於敘述動態，如果要敘述，那麼就必須把動作化成靜態，所以從詩與畫兩者融合上來看，的確存在著某種程度上的矛盾。可是，如果我們閱讀王維的詩作品時，卻感受不到這層矛盾的存在！反而他能把「詩意」自然地帶到畫裡，把畫的意蘊更加顯得深永，把「畫境」融入詩裡，進一步地將詩的形象顯得更為豐富與精妙。

　　蘇東坡曾經批評王維的詩說：「味摩詰之詩，詩中有畫；觀摩詰之畫，畫中有詩」，這兩句話很有名並且也獲得大家的同意。詩人王維寫景詩中最具特色的是他的山水詩。談到山水詩，首先在我們的腦中反映出來的就是所謂的描寫山水風景的詩。但是山水詩不一定純粹寫山水，有的則是以其他輔助母題而描寫山水景物之美者。再者山水詩所表現的也並非單純的客觀自然，當中是有詩人自己在內的，其手法大多屬於中國傳統詩所用的「興」或者是「隱喻」，借用景物來托寫其心中的觀感或心想。

　　然而，我們在檢讀王維所寫的有關山水方面的詩作品時，當然也離不了前面所述的這層內涵，詩人自己是具有卓越的藝術才慧，善巧地運用他的生花妙筆，勾繪出自然界豐富多彩的面貌的。關於這些，以下擬就其詩作品中分別以顏色對比、動靜配合，光線構圖的深淺等幾方面來探討分析。

　　首先，在顏色的對比方面，王維在其作品中以兩色對比最為普遍，而其中又以紅與綠者出現最多，例如：

　　　　不及紅簷燕，雙棲綠草時。（〈早春行〉）

　　　　綠艷閒且靜，紅衣淺復深。（〈紅牡丹〉）

　　　　多雨紅榴折，新秋綠芋肥。（〈田家〉）

　　　　孤帆度綠氛，寒浦落紅曛。（〈下京口埭夜行〉）

　　　　結實紅且綠，復如花更開。（〈茱萸沜〉）

　　　　紅桃綠柳垂簷向，羅帷送上七香車。（〈洛陽女兒行〉）

　　　　坐看紅樹不知遠，行盡青溪不見人。（〈桃源行〉）

　　　　雨中草色綠堪染，水上桃花紅欲然。（〈輞川別業〉）

　　　　桃紅復含宿雨，柳綠更帶春煙。（〈高原〉）

紅與綠的搭配，本來容易給人一種俗不可耐的感覺，但王維利用其他技巧沖淡它的俗艷，反而顯得清新明朗。例如前面所舉的「桃紅復含宿雨，柳綠更帶春煙」，利用「煙」與「雨」給人的朦朧之感，調和紅、綠的強烈對比，如此一來，就把句子顯得十分清新了。其次，「多雨紅榴折，新秋綠芋肥」，是以紅、綠來描寫田家的景物，給人樸實健康、精神飽滿的感覺。再而，「綠艷閒且靜，紅衣淺復深」，用「閒」與「靜」字壓住熱鬧之意，以「淺」、「深」二字調劑單調之感。又如「孤帆度綠氛，寒浦落紅曛」，則是用「孤」、「寒」二字

造出另一種慘綠愁紅的情調。由此可見，王維對顏色是很敏感的，對色調掌握的能力也極為精確。王維詩向以淡雅幽寂見長，紅、綠本不相宜，而他在詩中運用既多，又清新脫俗，不可不說是其詩風的一大特色。

接著讓我們再來看看王維如何以青、白二色相互配合來表現他的風格，如：

青草肅澄陂，白雲移翠嶺。（〈林園即事寄舍弟紞〉）

白雲迴望合，青靄入看無。（〈終南山〉）

山臨青塞斷，江向白雲平。（〈送嚴秀才還蜀〉）

白水明田外，碧峰出山後。（〈新晴晚望〉）

青菰臨水映，白鳥向水翻。（〈輞川閒居〉）

雀乳青苔井，雞鳴白板扇。（〈田家〉）

清淺白石灘，綠蒲向堪把。（〈白石灘〉）

日落江湖白，潮來天地青。（〈送邢桂州〉）

九江楓樹幾回青，一片楊州五湖白。（〈同崔傅答賢弟〉）

如此明淨怡人的色調，在王維詩中可說大量地運用著，所以在其詩作中的色彩，一組是紅與綠的配合，一組則是青與白的配合，以這兩類佔大多數。至於其他各色的搭配就少得多了！不過少數出現的色調仍各有其特色，如「古壁蒼苔日，寒山遠燒紅」（〈江南嚴尹弟見宿弊廬訪別人賦十韻〉），以黑、紅二色帶給人強烈的感受；「雲黃知塞近，草白見邊秋」（〈隴上行〉），以黃雲、白草見出塞外的荒涼；「沙平連白雲，蓬卷入黃雲」（〈送張判官赴河西〉），以白雲、黃草相對來比喻四周的遼夐！由此也可見顏色與景物的配合是影響著各種不同的情調的！

　　除了前面所述，王維在詩作中對顏色的對比運用表現外，其對靜態與動態的意象掌握和鋪綴也極具特色，我們知道王維的詩風向以寧靜悠遠為主的，但他在動態連用與配合上也有相當完美的詩作品，例如：

　　　　清晝自眠，山鳥時一囀。（〈李處士山居〉）
　　　　客來深巷中，犬吠寒林下。（〈過李揖宅〉）
　　　　雨中山果落，燈下草蟲鳴。（〈秋夜獨坐〉）

以上諸引均以甚少而微的動態，點綴出安詳寧靜的氣氛，在動物的描寫方面則甚少作正面的述說，多半以聲音代替，來襯托四周靜謐安閑的自然情趣！

　　至於王維筆下對靜物的描寫方面，則有靜態也有動態！比如：「聲喧亂石中，色靜深松裡」（〈青溪〉），上句是動，下句是靜；「天寒遠山淨，日暮長河急」（〈齊州送祖三〉），上句是靜，下句是動。「清東見遠山，積雪凝蒼翠」（〈贈徒弟司庫員外絿〉），是靜態的山；而「大壑隨階轉，群山入戶登」（〈韋給事山居〉）則是動態的山。「明月松間照，清泉石上流」（〈山居秋暝〉）、「颯颯秋雨中，淺淺石榴瀉」（〈欒家瀨〉），則為動態的水。諸如以上所舉的詩句就很明顯地可以看出右丞對動靜配合之高妙處了！

　　當我們在誦讀王維的山水詩時，往往給人一種特殊的感受，那就是動中有靜，靜中有動。雖然如此，但就整體而言，在其情調上仍然可說是靜的。其次，就是關於山水詩中的視覺或聽覺感受方面，有時卻是以「聲」、「色」等字來點出的，如：雲色、月色、暮色、或日色等，這是屬於視覺者；而風聲、松聲、鳥鳴、濤聲則屬聲覺等等，這些在意象上都可說是相同的。再而提到靜態意象，它是給人具體的

感受，普通是以形容詞和名詞二者連用，例如：「白沙」、「青松」、「綠野」等；反之，則為動態方面，主要在於動詞的運用，其目的是在塑造動態的意象，如果文字運用配合得貼切巧妙的話，則可使詩意清新脫俗，靈動傳神！

　　王維以各種繪畫理論技巧運用在其詩作中，好像顏色、濃淡、動靜、光影、以及構圖等，因而當我們在誦讀其詩作品時，就給人一種不同的感受，那就是除了自然恬淡的詩意之外，更隱托出一幅山水畫的構景，所以在《史鑑類編》中就云：

　　　　王維之作，如上林春曉，芳樹微烘；百囀流鶯，宮商迭奏。黃
　　　　山紫塞，漢館秦宮，芊綿偉麗，于氤氳杳渺之間，真所謂有聲
　　　　畫也。非妙於丹青者，其孰能之？

又，在《畫禪室隨筆》也云：

　　　　山下孤煙遠村，天邊獨樹高原，非右丞工於畫道，不能得此語。

由此可見，工於丹青的人，其在遣詞造句時，與一般人的眼光是有所不同的。王維在光線的明暗的掌握上，可說非常的講究，常利用各種字眼強調出它的質感。如「客舍青青柳色新」（〈送元二使安西〉）句，其中除「客舍」二字以外，而其他五字無一不是強調青色的鮮明。

　　「青青」已是疊字，加「柳色」重複之，又以「新」字形容之，這種清新之感自然深刻。再如「雨中草色綠堪染」（〈輞川別業〉），草色已為綠，又加一綠字形容之，復以「雨」字點出草色之晶瑩如洗，宛如新調之色。「染」字可說是王維作畫的習慣動作，所以說非

工於畫道者是不能得此妙句的！

再如「泉聲咽危石，日色冷青松」（〈過香積寺〉），作者以「冷」字來形容松林的清幽陰涼。「青苔石上淨，細草松下軟」（〈戲贈張五弟諲三首〉）及「草色全經細雨濕，花枝欲動春風寒」（〈酌酒與裴迪〉），均使景物如浮現於眼前，幾可觸摸。至於「漠漠水田飛白鷺，陰陰夏木囀黃鸝」（〈積雨輞川莊作〉），人稱此兩句好處正在「漠漠」「陰陰」四字；而「坐看蒼苔色，欲上人衣來」（〈書事〉），更是將蒼苔之色形容絕妙。這些本是最平凡無奇的景色，但是在王維的筆下寫來，不僅景物的深淺明暗可知，物體的質感也若然在握，這種由視覺進入到觸覺的表現技巧，也正說明了右丞的確有高超的藝術家眼光與才慧！

最後，倘若我們就整體上濃淡來考察，王維習慣上的作法是濃中有淡，淡中有濃。在應制詩作中，他常會加些蕭疏淡遠的句子，而在田園詩作中，則又會加一些鮮豔明麗的語詞，使濃淡相互調配，構組圓融，例如：

> 鳳扆朝碧落，龍圖耀金境。維嶽降二臣，戴天臨萬姓。
> 山川八校滿，井邑三農竟，比屋皆可封，誰家不相慶。
> 林疏遠村出，野曠寒山靜，帝城雲裡深，渭水天邊映。
> 喜氣含風景，頌聲溢歌詠，端拱能任賢，彌彰聖君聖。
> （〈奉和聖製登降聖觀與宰臣等同望應制〉）。

又：

> 舊穀行將盡，良苗未可希，老年方愛粥，卒歲且無衣。
> 雀乳青苔井，雞鳴白板扉，柴車駕羸牸，草屩牧豪豨。

多雨紅榴折，新秋綠芋肥，餉田桑下憩，旁舍草中歸。

住處名愚谷，何煩問是非。（〈田家〉）。

由以上所舉二題作品，第一首富麗的應制詩中，淡遠之句可使之不俗不膩；第二首在樸實的田園詩中，有鮮明之句，可使之不貧不枯，可謂淡妝中有清艷之色，濃抹中有高逸之姿，此乃王維詩作濃淡得宜、豐縟而不華靡，且能將文學與藝術結合調和的另一高妙的地方！

# 談禪對詩的影響

## 一

　　在還沒談到禪對詩的影響之前，先讓我們來瞭解有關禪在中國的產生與發展。我們知道中國禪宗，最早胚胎於釋迦菩薩樹下之正覺心，把印度數千年的哲學思想經過淨化之後，再傳到中土。期間經過漢、魏、隋、唐，長期的陶冶，並融入了孔孟老莊的玄理，而產生了禪宗，這一佛教宗派產生之後，自隋唐以下，其對中國的詩歌文學、美術創作、實踐倫理、道學玄言等都有相當大且深的影響！

　　禪宗是中國佛教的重心，同時也可說是佛學的實踐，再而我國最初釋出的佛經就是禪數，雖然在達摩東來以前，已經有許多佛經被譯成漢文流傳各地，而在這些經典的文字當中所探討的是大乘佛學的最高理論，在其內部則重在實踐功夫上，也就是說還在世間佛，或出世佛的小乘領域方面。禪，它是超越了一切的對立與界限的，並且是純一對心名稱，關於這點，在中峰《禪語錄》中有這樣的一段文字，云：

　　　禪者何物？即吾心之名。心者何物？即謂之體也。

在這段文字中說得很清楚，禪的本體即是心，以此心為中心，而使之成為宗教化的，便是禪宗。至於此宗派所依據的經典，先是《楞伽

經》、《金剛經》以及《六祖壇經》等,而在這些經典中所提倡的思想概念,主要是心性本淨佛性本有,見性成佛。再而禪宗在中國佛教各宗派中流傳時間最長,一直到現在仍然綿延不絕,由此它在中國社會的歷史悠久,故而它對學術思想上有著極重大的影響!其中較明者如:宋、明理學的代表人物周敦頤、朱熹、程頤、陸九淵、王守仁等都受禪宗的影響!

## 二

　　從前面的介紹,相信對中國禪宗的發展情形有了概括的瞭解,接下來就讓我們進行考察與分析,試看禪思對詩人作品的影響。我們知道在唐代的詩人作家多與佛道高僧往來,有的談論學問,有的寫作詩文酬唱的情形十分頻繁,故而無形中在個人的寫作時不免也將禪思或禪意帶入或融入了自己的詩文作品之中,比如元好問在〈贈嵩山雋侍者學詩〉中就說:「詩為禪客添花錦,禪是詩家切玉刀。」騷人墨客平日通過對參禪的體驗,把這些體驗再提升之後表達到自己的詩文作品,於是感受到其詩作中有更高一層的境界,那就是所謂的禪理或禪趣;同時在另一方面,由於禪僧得與一般文人往來交際酬唱,進而表達了其心中對人生及宇宙的理解與看法,故而我們或者可以這樣說,由於彼此的互為交往,互為啟示,開啟了詩人對文學或人生的更深一層的思考。

　　至於詩人作品受禪薰陶之後,抒發在作品上的是一種無欲恬淡,脫俗出世,清閑幽居的情懷,這些我們在王維、孟浩然、柳宗元、白居易、蘇東坡、王安石、朱熹或禪師們的作品中均可清楚地看出來,以下就舉數則作品來看看。

　　例如:

空山不見人，但聞人語響；反景入深林，復照青苔上。（〈鹿柴〉）

人間桂花落，夜靜春山空；月出驚山鳥，時鳴春澗中。（〈鳥鳴澗〉）

木末芙蓉花，山中發紅萼；澗戶寂無人，紛紛開且落。（〈辛夷塢〉）

王維的詩屬於田園派的自然詩，內容取材於山水景物，其風格為淡雅恬靜，質樸自然，詩中充滿了濃厚的禪味，比如前面所舉的〈鹿柴〉一詩中的第一句「空山不見人」和第二首〈鳥鳴澗〉的一、二兩句「人間桂花落，夜靜春山空」都表現著一種真空的境界，當我們讀完這些詩句之後，給人的感覺是一切皆歸入於寂靜的空靈境地！

再而例如第二首〈鳥鳴澗〉這首詩，我們從思想內容上來考察，詩中可說表示出了對於佛教「空」思想之追求！「空」這個概念在禪宗有云：「虛空能含日月星辰，大地山河」（見法海本《壇經》）。在王維的詩作品中有不少寫到「空林」、「空山」、「空堂、」「空館」、「空翠」等意象，而這些無不也隱含著物我兩忘的意圖。雖然如此，王維並不是一味地對「空」義說教，而是欲把「空」的觀念形象化或藝術化，以達到脫俗空靈的境界。

又例如傅翕大士的偈頌，云：「空手把鋤頭，步行騎水牛；人從橋上過，橋流水不流。」（見《指月錄》）從這首詩偈的內容中，我們可以瞭解到它主要是在表示禪體是不能以理性所能達到的，同時它也是不可感覺、不可思議的東西。其次，在此首詩偈中採用了矛盾語，其主要的目的是在顯示人的心靈話是不要受束縛的，之所以如此，可能使一個人的心靜下來去明澈一切事物的真相！

又例如寒山、拾得的詩作品：「若有人兮坐山楹，雲裒兮霞纓，

秉芳兮欲寄，路漫漫兮難征，獨惆悵而狐疑，騫獨立兮忠貞。」當我們讀完這首詩，給人的是一種空靈感覺，然而其無不隱含著一種禪思哲理，由於詩意深邃高妙，所以被宋人許顗稱為「雖使屈宋復生，不能過也」。

又如蘇東坡的〈題西林壁〉詩：「橫看成嶺側成峰，遠近高低各不同；不識廬山真面目，只緣身在此山中。」東坡居士的詩作品頗受佛禪的影響，由於其參禪生活，豐富了詩文的題材和意境，他曾云：「暫借好詩消永夜，每逢佳處輒參禪」，在他認為詩應當與禪學聯繫在一起，主要的是在詩文意境上的相互溝通，而在前面所舉的〈題西林壁〉詩，其內容主要是把宇宙人生融合為一體，他以敏銳的審思，通過自然界與人類社會現象的觀察，而悟得那空妙超然的寫作表現手法，所以在這首詩的內涵意義上十分耐人尋味，而這除了來自作者本身的才慧與閱歷之外，更重要的是對禪的體驗心得。

又如陳襄〈贈禪者〉詩：「昔年曾到此山中，正見山花滿砌紅；今日花開還照眼，分明見處本來同。」這是一首七言絕句，詩意十分特出。詩人給我們的感覺首先是今年的花哪裡會開在去年的原處呢？但是在「正知正見」看來，根本無所謂什麼今昔的問題，因為沒有今昔，故今日的色，即是昨日的空，而昨日的空，即是今日的色。花謝花開，花開花謝，「明相」與「暗相」相為表裡，在這過程中，又何嘗有所增減？再說如果心不隨物轉，而今與昔何嘗有了改變？這種今昔不分的開悟語，其實是不在邏輯思維的範圍之內的。再者這種看來矛盾的語句，反將一個平日有所束縛的自在人表現得更為瀟灑與無罣礙！

又在（宋）羅大經《鶴林玉露》卷六中載某女尼的悟道詩：「盡日尋春不見春，芒鞋踏遍隴頭雲；歸來笑撚梅花嗅，春在枝頭已十分。」這首七言的詩偈，主要是寫某女尼在悟道後的感受與樂趣，終

日執意要覓尋的東西未必能找得著，即使是芒鞋踏破也是徒然的，其實人生的樂趣源泉是不必執意向外求取的，只要我們自性清淨，善持自性，那麼幸福自然就永遠圍繞我們的身邊四處的！從這裡我們可以深深地感覺到其中的內涵，「禪」的精神樂趣，並不是什麼，主要的是在於自己的開悟和覺悟他人！

## 三

從前面所列舉的各詩，僅是與禪詩相關中的一小部分而已，但如果從這些禪詩的內容考察看來，則不難教人感到禪對中國文學創作上有重要的影響，不論是一般文人或禪師們在互相交流之後，在自己文學創作上都多少開拓了新的境界，這點是可以肯定的。若從歷史的觀點上來看，我國自六朝以降，詩僧輩出，其中要以唐宋兩代最為特出，這段時間禪宗極為發達，禪僧相聚於叢林，寓禪於詩，以詩喻禪，一時文風大盛，禪詩文學便成興盛流行，也成了大家爭相學習的對象。

然而至於禪僧所重視的是什麼呢？其實他們所關注的是內心自我的解脫，從日常生活的細微事件中領悟！再而這些詩人們大多淡薄名利，超然脫俗。由於平日常與自然為伍，在性情上也就偏向自然，同樣地在他們的詩作品中經常出現的文字、景物，多為古松、空寂、白雲、明月、流泉、寒竹、山寺、幽谷等等，當我們在讀這類作品時自然就給人一種寂寥、孤高或閑適的感受了！

# 試論三首詠舞詩

一

　　從流傳下來的文獻資料中更知道我國的舞蹈歷史是相當悠久的。比如「大儺」與「角抵」這兩種武舞，就是從新石器時代流傳下來的，它代表著古代的英雄與野獸相鬥以及敵人抗鬥的情形，在這當中表現當時人們求生存及與外力相抵抗的精神，當然這是人類生存的一面，但也是一種生存競爭藝術的表現與寫照。除外，在古籍上有關我國舞蹈的發展方面也有詳細的載錄，例如《呂氏春秋》〈古樂〉篇中就這樣的記載：

　　　　昔陰康氏之始，陰多滯伏而湛積，陽道壅塞，不行其序，民氣
　　　　鬱閼而滯著，筋骨瑟縮不達，故作為舞以宣導之。

文字中說明了舞蹈是起源於舒氣活血、導洩鬱氣、健身方面的一種運動。再而在〈樂記〉中也提到：

　　　　凡音之起，由人心生也。人心之動，物使之然也，感於物而
　　　　動，故形於聲，聲相應，故生變；變成方，謂之音：比音而樂
　　　　之，及干戚羽旄，謂之樂。

又說：

> 詩，言其志也，歌，詠其聲也；舞，動其容也；三者本於心，
> 然後樂器從之。

由以上所引的文字，便可以看出所謂的詩歌或樂舞的產生是有著密切的關係的，由於感物而動，而後形於聲，再而則是音樂的產生，當然音樂舞蹈應該是相連而不可分割的！

唐朝可說是文化藝術等各方面都有相當高成就的時代，而其中就樂、舞方面的表現而言，更是光輝燦爛。唐朝也可說集合了周、秦、漢、魏、晉、南北朝以來的舞蹈藝術之集大成，中外古今的許多樂舞，在內容上，不僅規模大、樣式多、色彩豐富，作品內容也充滿了旺盛的生命力！同時更重要的是舞蹈和歌唱、詩、朗誦結合在一起，形成了一種樸實活潑、多采多樣的綜合藝術。就歷史的發展情形來考察，唐代樂舞最盛時期大約是在初唐一百年左右（西元六一八年～七五五年之間），在這時期國勢比較強，經濟也較穩定。至於音樂、舞蹈的表現方面，彼此間是有著相連性的，同時也具備有共同的美學特徵。除此之外，在結構上也有共同之處，我們知道音樂講究的是節奏和旋律，樂音有長短、強弱、高低、輕重、緩急等變化，而至於舞蹈的動作，不論是長線條或短線條均都必須符合一定的節奏與旋律，表現出其高低起伏，或輕重緩急等方面的變化，故而我們從這當中可瞭解到在古典樂舞表演中的所謂擊節拍板是十分的重要的。從以上所述，有關我們舞蹈藝術的發展及其內涵精神之後，接著就讓我們來探析幾首有關詠舞方面的詩作品吧！

二

　　首先要提到的是梁時何遜寫的一首〈詠舞〉，其詩如下：

　　　　管清羅薦合，弦驚雪袖遲，
　　　　逐唱回纖手，聽曲轉蛾眉；
　　　　凝情昐墮珥，微睇托含辭，
　　　　日暮留嘉賓，相看愛此時。

這是一首描寫舞姿情態，輕巧圓熟的作品。當清管開始吹響的時候，舞者此刻是靜立不動，而那綾羅舞衣則像萎縮的花瓣似的緊緊地疊在一起；接著則是弦索急遽撥動，琴聲響起，於是舞者便緩緩地將雪白的衣袖輕拂，隨著琴韻而起舞；其次是對舞者的姿態作細膩的描寫，作者以「逐唱回纖手」一句表達了舞者在舞姿上的輕巧靈活；又緊跟著的是捕捉舞者的眼神，以「聽曲轉蛾眉」「凝情昐墮珥」兩句表達得最為出神入化，她在聽曲時不時地在轉動著蛾眉，以及昐墮珥時她那凝神的雙眸，眉宇之間的表情，或一動一靜的轉化，舞者的舞藝真是達到了神妙之境；除外舞者還不時地「微睇托含辭」，微微地斜視著，從口中輕吐出歌辭，自然而閒適，雖然天色已晚，仍盼望著把嘉賓留下，而此時也是最教人感到高興的一刻！詩的內容並不複雜，僅是將當時舞者的輕歌曼舞的表情刻劃出來，表達出了舞者的神情意態，讓讀者雖未親歷其境，但在賞讀此詩時，也同樣地可以維妙維肖的感受到舞者舞藝與真情的流露！

　　第二首是（梁）王訓的〈詠舞〉，其詩如下：

> 新妝本絕世，妙舞亦如仙。
>
> 傾腰逐韻管，斂衽聽張弦。
>
> 袖輕風易入，釵重步難前。
>
> 笑態千金動，衣香十里傳。
>
> 將持比飛燕，定當誰可憐？

開始的第一、二句中有「絕世」、「如仙」的句子，這都屬於修辭學中的誇張寫法，主要是在稱讚舞衣之美以及舞姿之妙！接著三、四句有「傾腰」、「斂衽」兩句，這通常是屬於舞蹈的動作，在這兒作者則將它與音樂的節奏旋律聯繫起來。所以當我們在誦讀這首詩作品時，不會感到格格不入，相反地，則是給人一種和諧的美感！至於五、六兩句則是描寫舞姿飄逸情形，由於舞袖輕，所以風容易貫入，當舞者展跳舞姿時就更顯得輕快飄逸了！雖然如此，但是舞者頭上裝飾的釵鈿，是顯得那麼沉甸，好像有點把舞者壓得步履難以向前似的！當然這是一種對比的寫法，首飾的富麗，舞者姿態纖巧，一幅美女樂舞的圖像展現在讀者的眼前，怎不教人感到愛憐呢？

接著作者又以「笑態千金動，衣香十里傳」誇飾的描寫文字來形容舞者笑態的嫵媚，以及其衣香之誘人的地方！詩的最後，作者以「將持比飛燕，定當誰可憐」作結！而此句中最主要的是以漢成帝的寵妃趙飛燕和舞者相比，在這裡當然也表是出了無限讚譽之情，而末了詩人卻以究竟應當以誰為最可愛詰問作結，所以使得這首詩雖然是在描述舞者的嫵媚舞姿，然在此經過詩人的妙筆一轉，於是使得詩意更顯得含蓄與蘊藉了！

第三首是（唐）李嶠的〈詠舞〉，其詩如下：

> 妙伎游金谷，佳人滿石城。

霞衣席上轉，花袖雪前明。

儀鳳諧清曲，回鸞應雅聲。

非君一顧重，誰賞素腰輕？

這是一首五言律詩，在開始的一、二句中的「金谷」指金谷園，在河南洛陽市西北，它是晉朝時石崇所建造。「石城」指的是石頭城，在今南京市西石頭山後。作者是以金谷妙伎，石城佳人作比，表現了舞者容貌的秀麗與舞技的精妙。接著三、四兩句，作再通過舞衣和舞袖來表現出舞姿的動人，其中的「霞衣」、「花袖」都是描寫舞衣之華麗與精美，可是在這裡作者並非一味地重視描繪舞者身上的服飾靜態之華美，在此即以「轉」字寫出了動感！接著又以「明」字寫出了舞者花袖的多采絢麗！在這樣前後對比寫照之下，給人的感受靈活且和諧！其次是作者寫到舞者美妙的舞姿與動聽的樂聲配合一致方面，樂聲的悠揚增添了舞姿的靈活輕巧！至於詩中的「清曲」即「清商曲」，也就是我國古代起源於民間的一種樂曲。又「雅聲」，指的就是「雅樂」，在古代通常用於郊廟朝會的正樂。在詩的最後二句：「非君一顧重，誰賞素腰輕」則如奇峰突起，開出新的創界！詩中的「君」，指的是歌伎，而「一顧重」句，則是說歌伎多情的一瞥具有無限的力量！然而就這兩句詩的涵意而言，當時舞者的舞姿雖然柔美動人，可是如果單靠這點則無法抓住觀眾的情緒，那麼到底是什麼令人如此的陶醉呢？那是在舞者的眼神，她那動靜之間都將豐富的情感由雙眸傳達給了觀眾，而在這裡，她那多情的一瞥可說是達到了留住觀眾的最高表演藝術！

## 三

　　從前面所探析的三首詠舞詩看來，詩作者除了在描寫舞者的舞姿靈巧以及服飾華美、歌聲圓潤之外，還有就是音樂的和諧配合，如此緊密聯繫著，才能達到舞藝的最高表現！其實詠舞詩除了作者個人的文學素養外，還有就是要能恰當地把舞者的情感抓住，也就是表達出來，在這當中是必須要有相當高的美學經驗與眼光的，再而我們知道舞蹈雖具有可視性的特點，可是它卻不像樂聲那樣的難以捕捉！但是舞蹈在動作上卻有高度的概括性，就一般上來說仍然不是那樣容易具體地把握它！而至於詠舞詩往往作者多以比擬的寫作手法，使之具體化，比如在前所舉的三首之外，還有明朝徐禎卿所作的〈觀歌舞〉一詩中的「蟠身蹲伏龜鶴息，延頸直跱螭龍長，明珠圓轉盤四角，新蓮嫋嫋波中央」，在這裡作者以比喻的手法，以「龜鶴息」比喻「蟠身蹲伏」，也表示出了所謂「低」的意思；再而以「螭龍長」比喻「延頸直跱」，也突顯出了所謂「昂」的意義，就整體而言，可說是通過一個個比擬的形象，出神入化地表達了出來，故而詠舞詩的內容雖除了描繪舞者的舞姿之高妙外，同時也蘊含了音樂和舞蹈的抒情性，以及舞者的內心情緒的傾吐，那種誠摯的情感往往也就表達出了一個民族的根本文化與精神。

# 析杜甫兩首詠樂詩

一

　　在我國詩學的發展史上，杜甫可說是位相當重且具影響力的詩人，他所創作的詩篇，無論在思想、歷史、美學藝術等各方面都有著極高的價值，再而在詩的成就上而言，我們也許可以稱他是位「集大成」的詩作家，尤其在詩的體裁上表現得極為具體突出，他具備了兩漢以後，唐以前的一切詩體，甚至一直到「五四」以前，也似乎都沒有人能夠超出他的範圍，雖然杜甫的詩作中的多樣性與獨特風貌，這些在其作品全集中都可以讀得到，同時也有不少學者們也曾討論了其詩作的體裁與風格、內容與思想等等，然而在此筆者則就近日在閱讀杜詩時所看到的兩首有關詠樂的作品，略作探討分析。第一首是〈吹笛〉，其詩如下：

　　　　吹笛秋山風月清，誰家巧作斷腸聲？
　　　　風飄律呂相和切，月傍關山幾處明。
　　　　胡騎中宵堪北走，武陵一曲想南征。
　　　　故園楊柳今搖落，何處愁中卻盡生。

這首〈吹笛〉詩，杜甫主要是借詠樂來抒懷的，由於是抒懷，所以全

詩的重心是表現在笛聲所蘊蓄的感情，以及作者自己在聞笛時從心中產生出來的感觸。然而在還沒有進行分析這首詩以前，先讓我們來暸解詩中的一些重要詞語典故，在詩的第五句「胡騎中宵堪北走」，此句的典故是出自《世說新語》〈雅量〉第六，云：「劉越石為胡騎所圍數重，城中窘迫無計，劉始夕，乘月登樓清嘯，胡賊聞之，皆悽然長嘆，中夜奏胡笳，賊皆流涕歔欷。人有懷土之切，向晚，又吹，賊並棄圍而散走」，又至於同句的「堪」字，猶可也，也就是說可使胡騎北走的意思。再而同詩的第六句有「武陵一曲」一詞，《古今注》：《武陵深》的曲子，為後漢馬援南征時所作，馬援的門生爰寄生善吹笛，援作歌以和之，其實《武陵曲》也就是《武陵深》。「武陵」是郡名，在今湖南省常德市。再其次是第七句中的「楊柳」，這裡是指《楊柳枝》曲詞。在《舊書》〈樂志〉梁樂府云：「上馬不捉鞭，反挾楊柳枝，下馬吹橫笛，愁殺行客兒」，而此曲的內容多是在表現離別之情，其原出於北國之橫笛。

在前面曾提及〈吹笛〉，杜甫主要是在借詠樂以抒發心中的感觸，在詩的一開始，作者便寫出了笛聲的哀傷和四周環境的淒涼，而這也是全詩的根本感情所在。至於吹笛的地點是在哪裡呢？詩中清楚地告訴了我們，時地在「秋山」，光景則在「風月」，在此情景下聽聞自遠處飄來的悽惻笛聲，怎不教人感到斷腸呢？故而我們從詩的結構上來看，詩歌前句是側重在表現笛聲的和諧動聽與感人，詩的後句則側重於表現笛聲的感情；在第四句「月傍關山幾處明」，其中「月傍關山」是暗點出笛子所吹曲調為《關山月》，「幾處明」則是巧妙地表現出戍守在外的士兵與家鄉親人在月下互傷離別之情。若依清浦起龍在《讀杜心解》中所說：「三、四兩句，分承風月，以申『巧作』，而『律呂』、『風』，反挑寇亂，『關山』、『月』，正引家鄉，暗為下四分領」，對此詩前四句的連接發展分析上言，的確說得很恰

當！

至於詩中五、六、七、八四句，其中有「胡騎」要「北走」及戍客要「南征」兩句，為什麼會如此呢？此乃聽聞了笛聲而激起了他們心中的離愁別緒，以及對故土親人的思念之情，在這裡我們可以感受到作者在寫作這首〈吹笛〉詩運用了一種音樂的感染特色，生動有力地表現在那淒切的笛聲之中，聞之，不僅教戍守在外的士兵斷腸，更引起詩人因聞笛而了撩撥起無限的感概！接著在七、八兩句，詩中點出的是秋景，當詩人聽到《楊柳枝》的曲歌時，同時也聯想到故園的楊柳也應該是枯黃飄零的時候了！文字上雖然在描述詩人對故鄉的思念，其實其中更寓意著詩人自己晚年飄泊在外的生活景況！閱讀至此，真也教人替大詩人的晚年處境掬了一把同情之淚！

二

第二首是〈夜聞觱篥〉，其詩云：

夜聞觱篥滄江上，衰年側耳情所嚮。
鄰舟一聽多感傷，塞曲三更欻悲壯。
積雪飛霜此夜寒，孤燈急管復風湍。
君知天地干戈滿，不見江湖行路難。

杜甫寫這首詠樂詩，其主要的內容是在描述作者夜聞觱篥的心中感受，當然其中也寄託了作者晚年生活上的孤寂與對國家民族的憂思。首先作者在題目上就清楚地表示出，他聽聞觱篥的時間是在晚上，再而或許我們要問「觱篥」是種怎麼樣的樂器呢？根據《樂府雜錄》中云：「觱篥者，本龜茲國樂，亦名悲栗，以竹為管，以蘆為首，有類

於笳」，也就是說，這種樂器起源於西域龜茲，其主要是以竹和蘆葦所製作而成。從漢代開始便傳入內地，後來變成隋唐燕樂及唐宋教坊音樂的重要樂器之一。

接著讓我們來看看，杜甫是怎樣描述他夜聞觱篥的心中感受，首先作者夜泊江上，忽然聽到鄰舟傳來觱篥之聲，作者側耳傾聽，頓時被那樂聲所吸引，且深受感動，詩句中的「情所嚮」者，說明了其聲足以動情，故引之而去！然而作者何以如此就被樂聲所動，引之而去呢？這主要的是鄰船所吹奏的乃邊塞之曲，情調悲壯，故無不引起作者心中的感觸而共鳴！除此之外，詩人此時正值晚年，漂泊江湖，前途茫茫，在個人的心境上不免孤寂與淒涼，就在此刻聽到傳來悲壯的邊塞音樂；再加上四周環境，嚴寒的冬夜，艙外積雪飛霜，而獨守孤燈的詩人，心中那股濃重的感傷自然就無端端地奔瀉而出。

在這裡的景物，悲涼的樂聲以及詩人內心起伏心緒，互相交織在一起，內情與外境的相互調和，最後因而構成了詩人寫作的深邃意境。

在前面也曾提及杜甫寫此詩時，除了夜聞觱篥而引起了個人的感觸之外，還有就是其對國家民族之憂慮，此時國家遭逢安史之亂後，國勢漸衰，內外戰亂屢起，瘡痍滿地，民不聊生，前路是多麼的艱難！所以詩的結聯兩句「君知天地干戈滿，不見江湖行路難」，艱難之苦，行旅飄零之慘，真教人感到悲急與忉怛；杜甫遭遇戰亂，目睹國家種種亂象，作者在詩作中表達了他那高度的憂慮與同情；然而這雖是一首夜聞觱篥的詠樂詩，但是在短短的詩句中卻蘊含著豐富的歷史意義與濃郁的民族之情。

# 明末詩人歸莊的詩觀詩作

一

　　明朝末年，與顧炎武友善，而有「歸奇顧怪」之稱的詩人歸莊，字爾禮，又名祚明，字玄恭，號恆軒，是崑山（今屬江蘇）人。他生於明萬曆四十一年癸丑（一六一三），卒於清康熙十二年（一六七三），享年六十一歲。他是明代著名散文家歸有光（一五〇六～一五七一）的曾孫。歸莊在青年時代，正是崇禎皇帝在位，此時也正是民族危機和階級矛盾極度嚴重的時候；他非常關心國家大事，於是在十七歲時，就和同年齡的顧炎武（一六一三～一六八二）一同參加了「復社」。他那股對時局憂慮的心情，在他初期的作品中就已表露無遺了。

　　我們在閱讀歸莊的詩作時，不難感受到他那股強烈的反清愛國的民族氣節。當然，這由於他前半生為明朝，而後半生則在動亂的清朝時期，故而有這樣大的不同與變革。如果我們從他的生平來探索，或許可以將它分成四個階段：第一期，十六歲以前的幼年時代。第二期，自十七歲參加復社，到三十二歲時明朝滅亡。第三期，從三十三歲到四十一歲，受清朝之命而薙髮，鼓動群眾殺死崑山縣丞。第四期，從四十一歲到晚年，隱居鄉野，佯狂玩世，鬻文賣畫維生，窮困以終。大致瞭解了歸莊的生平及其晚年的文學活動之後，接著來分析

其詩作的內容及精神。

歸莊的詩集名叫《恆軒詩集》，共計十二卷。就整體而言，其內容以反對清朝統治、富有民族氣節之作為主體。對於歸莊詩的評價方面，一九八四年上海古籍出版社出版的《歸莊集》的出版說明中有如此一段論評：

> 歸莊的詩歌，充滿了愛國思想和民族氣節。他以沉鬱悲愴的筆觸，揭露清軍的血腥殘暴行為，傾訴國亡家破的的悲痛，並對降清貳臣給予無情的鞭撻和諷刺。尤其是那些寫作於甲申、乙酉之際的詩篇，反映了這一大動亂時代的政治面貌，具有一定的史料價值。他的詩歌，大都是直抒胸臆，不事雕琢，沒有明人擬摹的習氣，能夠痛快地表達他憂國傷時的情感。但正因為如此，也難免有粗率的地方。

由這段文字可以明白：歸莊的詩作主要是由於「揭露清軍的血腥殘暴行為，傾訴國亡家破的的悲痛」，故而多偏直抒胸臆，沉鬱悲愴。至於歸莊對作詩的認識方面，則云：「詩不易作、亦不易知，能知然後能做。」（卷三〈許更生詩序〉）由此可以明顯得知歸莊認為作詩是一件不容易的事，要瞭解詩也並非簡易之事。序中他又說：「余為詩二十餘年，不能工；就正友人，多不肯直言，言也少中。」由此可見一斑。

至於歸莊對於詩的論說及看法，在《歸莊集》卷三的序中，特別是詩序類中最可以看出來。依據年譜所述，他三十一歲所作的〈吳余常詩稿序〉中記載云：

> 太史公言：詩三百篇，大抵聖賢發憤之作。韓昌黎言：愁思之

聲要妙，窮苦之言易好。歐陽公亦云：詩窮而後工。故自古詩
人之傳者，率多逐臣騷客、不遇於世之士。吾以爲：一身之遭
逢，其小者也，蓋亦視國家之運焉。詩家前稱七子，後稱杜
陵，後世無其倫比。使七子不當建安之多難，杜陵不遭天寶以
後之亂，盜賊群起，攘竊割據，宗社鏅脆，民生塗炭，即有慨
於中，未必其能寄託深遠，感動人心，使讀者流連不已。如此
也。然則，士雖才，必小不幸而身處阨窮，大不幸而際危亂之
世，然後其詩乃工也。

在這裡，歸莊引用了太史公、韓愈、歐陽修的話，認爲詩人之寫作，
主要乃在感發心中悒憤，以及所傳者多屬逐臣騷客，或一些不遇於世
的人士；但是，在敍及個人的遭遇與國家的不幸相較方面，而個人則
事小，像建安七子、杜甫等詩人，遭遇時局之變遷，讀者誦讀其詩文
而深受感動。這些都是遭遇社會的大動亂後，才產生出來的。故而才
能雖優異，若非經歷大小不幸危亂之世的話，其詩作內涵是很難達到
深邃工巧的境地的。

二

　　歸莊除了對詩的創作，主張要嚴謹外，也相當強調詩作內涵的充
實。他並且提出：詩要「言志」與「緣情」。他在〈天啓崇禎兩朝遺
詩序〉中說：

傳曰：詩言志。又曰：詩以道性情。古人之詩，未有不本於其
志與其性情者也。故讀其詩，可以知其人，後世人多作僞，於
是有離情與志而爲詩者。離情與志而爲詩，則詩不足以定其人

之賢否。故當先論其人,後觀其時。夫詩既論其人,苟其人無
足取,詩不必多存也。

在中國傳統的詩論上,離不開「詩言志」與「詩緣情」這兩個範圍來
探討。「詩言志」這個概念,是由《尚書》〈舜典〉中所述及。此一
說詩觀點,在春秋戰國時代是很普遍的見解。至於「詩緣情」,則是
晉陸機的〈文賦〉中所提及引申而來的。詩言志,故緣情。志,主
要是指思想。對先秦的「言志」,朱自清在其〈詩言志辨〉中曾說:
「這種志,這種懷抱,其實是與政教分不開的。」「言志」的實際內容
所指的是政教,也就是儒家之道。至於首先提到「言志」中還包含
了「情」這個說法,應當是由荀子開始。此一見解,主要反映在他
的音樂理論當中,「志」與「情」,兩者均不可偏失,不可不重視!
在〈毛詩序〉裡就說得很清楚:「詩者,志之所之也,在心為志,發
言為詩。」所以說兩者應是相依存不可偏的。顧炎武在《日知錄》卷
二十一〈作詩之旨〉一則中,就明白表達了對「詩言志」的看法。其
文說:

> 舜曰:詩言志。此詩之本文也。〈王制〉:命太師陳詩,以觀
> 民風。此詩之用也。荀子論〈小雅〉曰:疾今之政,以思往
> 者,其言有文焉,其聲有哀焉。此詩之情也。故詩者,王者之
> 跡也。建安以下,洎乎齊、梁,所謂「辭人之賦麗以淫」,而
> 於作詩之旨,失之遠矣。(注:〈王制〉是《禮記》篇名。)

對於詩言志,顧炎武所重視者,主要在於諷諭,表達一種民間的心
聲。如果刻意追求文辭上的華麗,那就偏離了詩本身的旨趣了。這裡
還有一點必須注意:當時清兵入侵,社會甚為不安,危亡的局勢影響

了二人的文學觀點，故而彼此對於「詩言志」的看法，難免也產生了頗不一致的地方。

我們進而看看一些品德高尚的人，何以會寄情於詩酒，託於技藝呢？歸莊在〈朱清甫先生詩序〉中有云：

> 詩傳皆稱先生嗜酒放達，又孤介獨往，嘗拒俗吏之求，卻藩王之聘，其志操有過人者。夫士生一統之世，不幸不為科目所收，則終其身草莽耳。其聰明才氣，無所發之，不得已而寄於詩酒，託於技藝。世俗不知其中懷不屑，而遂以詩酒技藝之人目之。又或以其藝之工也，并其詩酒沒之，而直以為一藝人，卒致老死窮巷，文采不表。若此者，可勝嘆哉！

在此文中，歸莊表達了對一位志操過人、才氣橫溢者，往往由於無所發洩，所以不得已只好寄情詩酒、技藝，最後結局是卒老窮巷、文采不表的可憐境地。這種境況怎麼不教人感到悲嘆呢？

## 三

歸莊的詩作理論和見解，大致都收在《歸莊集》卷三〈序文〉和〈跋文〉當中。前面已經提及他是一位下筆嚴謹的詩人，以下擬就他所提到的詩的「氣、格、聲、華」等方面，略作探討。

歸莊論詩，對於詩的「氣、格、聲、華」四者非常重視，而且還以人的五官四體來做比喻描述。他在〈玉山詩集序〉中曾如此說：

> 余嘗論詩，「氣、格、聲、華」四者缺一不可。譬之於人，氣猶人之氣，人所賴以生者也；一肢不貫，則成死肌；全體不

貫，形神離矣。格如人五官四體，有定位，不可易；易位則非
人矣。聲如人之音吐及珩璜琚瑀之節。華如人之威儀及衣裳冠
履之飾。近世作詩者日多，詩之為途益雜。聲或鳥言鬼嘯，華
或雕題文身。按其格，有頤隱於臍，肩高於頂，首下足上，如
倒懸者。視其氣，有尪羸欲絕，有結轖擁腫。不仁如行屍者，
使人而如此，尚得謂之人乎哉？

歸莊強調了論詩應以「氣、格、聲、華」四者並重。

　　歸莊是明末清初的詩文作家，他的詩作充滿了愛國思想和民族氣
節，並且多以直抒胸臆，不事雕琢，沒有明代人擬摹的習氣。這些都
是他的詩作特色與風格。除此之外，他對詩史發展，也提出了一些看
法。比如他在〈王異公詩序〉中就有這樣的一段文字：

詩之道，難言矣：唐以詩取士，宜有定格，然觀其風調，不能
無初、盛、中、晚之異。後世不以詩取士，士大夫不必皆工
詩，惟能者始以詩名於世。於是文人才士，各宗一派，爭持一
說，大抵厭常者取立異，後起者排前人，終無定論。近世錢宗
伯始為之除榛莽，塞徑竇，然後，詩家始知趨於正道，還之大
雅；而吳司成又慮其矯枉過正，復從而折衷之。後之論詩者，
不能易也。

從以上這段文字，便可瞭解歸莊對詩的流變也有他獨特的見解。其中
他提出了大凡對於文人才士來說，無不厭常者取立異、後起者排前人
的現象，發展到最後，便是無定論。然經過一陣亂象之後，激起的是
文壇上的互為整合。接著又開始趨向於正道，回到了所謂大雅的境
地。由以上的詩觀來看，歸莊對當時的文壇上之流派及發展現象，是

相當關注的。我們或許可以這樣說：他不僅在詩的創作上有才雄氣厚
的風格，且在文學觀方面也有自己獨立的見地。

## 四

《歸莊集》共分上下二冊，一九八四年上海古籍出版社出版，收
錄的作品包括卷一：詩詞，卷二：曲，卷三：序，卷四：跋，卷五：
書，卷六：記，卷七：傳，卷八：行狀、墓志、祭文，卷九：箴贊，
卷十：雜著。書後附有歸莊的年譜、傳略、題贈、序跋及補輯。歸氏
的作品及資料收在此集中，可說相當齊全。

歸莊的詩集，最早有《恆軒詩集》十二卷；文集則有《懸弓集》
三十卷、《恆軒文集》十二卷。但以上三種都已散佚。歸莊的詩文
集，在清道光年間太倉季錫疇曾編輯其遺文六卷、詩一卷，名為《玄
恭文鈔》。後來因為雕板毀於戰火，傳本因而未見。清末歸曾裔編成
《歸玄恭文續鈔》七卷，徐崇恩編成《歸玄恭遺著》不分卷，朱紹成
編成《歸高士遺集》二十卷。但是比較這些文集的內容，文章都殘
缺不全，並且互有重複。現今我們所看到的上海古籍出版的《歸莊
集》，乃是一九六二年原中華書局上海編輯所用歸曾裔、徐崇恩、朱
紹成編的三書為基礎；再加上在蘇州發現的《歸莊手寫詩稿》；北京
圖書館庋藏的〈山遊詩〉、〈落花詩〉；上海潘景鄭所藏的〈癸卯年應
酬詩〉；小石山房所刻的〈尋花日記〉、〈看花雜詠〉及又滿樓的〈擊
筑餘音〉等，而編輯收錄成這本詩文集。此集的出版，對研究歸莊文
學思想的學者而言，的確是方便不少。

近人對歸莊的研究，似乎並不多見；蔣勵材先生曾寫過一篇題
為〈歸莊與萬古愁〉的論文，刊於《中華文化復興月刊》第十四卷第
二期。主要在介紹歸莊〈萬古愁〉曲的內容與考證。指出這首曲「曲

調悲憤激昂，痛明祚之莫保，恨闖邪不速亡，身為布衣（亡命時即謝儒冠），手無寸鐵，雖起義鄉閭，難成大事。絕望之餘，藉曲哭訴，絕非遊戲諧謔文字。由於酷愛大明，乃至激動遷怒前賢，語似狂而心實正，情可憫而行無虧」。這首〈萬古愁〉曲，的確是氣勢雄渾、筆力酣暢，完全表現了他那緬懷故國之痛和憤世嫉俗的心中感受。在此可以舉一段為例，供讀者參看：

> 痛痛痛！痛的是十七載聖明天子橫屍在長安道。痛痛痛！痛的是詠關雎頌徽音的聖母，拋首在宮門沒一個老宮娥私悲悼。痛痛痛！痛的是掌上珍的小公主一劍向昭陽倒。痛痛痛！痛的是有聖德的東宮，砍作肉蝦蟆。痛痛痛！痛的是無罪過的二王竟填了長城窖。痛痛痛！痛的是奉寶冊的長宮，隻身兒陷在賊營查。

從以上所舉的曲詞中，便可看出歸莊的心情。

其次有楊仲揆先生的相關論作，發表於《中華文化復興月刊》第十三卷第六期。文中除了逐段介紹曲文外，並作解說分析。在瞭解本曲的內涵意義上有相當大的幫助。他的結語說：「從純文學觀點看，歸玄恭的〈萬古愁〉，的確是值得一讀的好曲。全首二十二段，有十四五段是採詼諧滑稽或輕侮謾罵的唱反調方式。表面上看，他的確是在罵皇帝，打丞相，笑謔聖賢，否定一切，一副玩世不恭的神態。而實際上，他的態度是極嚴肅而哀沉的。……從全曲忽笑忽罵忽哭忽喜的神情看，極似悲劇中常見劇中人在遭受沉重打擊變成瘋狂以後的情態。因此〈萬古愁〉從主題看，是嚴正的悲劇性的。」

除以上所敘蔣、楊二位寫的論著外，在日本的漢學界中也有學者研究歸莊的文學思想及《尋花日記》的。例如：日人藤井良雄氏著有〈歸莊の文學思想──錢謙益から師承について──〉和〈歸莊

の落花詩〉。這兩篇發表在九州大學文學部《文學研究》七八、七九期。前一篇主要是在論述歸莊的文學思想是從錢謙益師承而來的，論析舉證十分詳細。後一篇主要是在論析〈落花詩〉，對詩的內容技巧以及動機考證均作了極詳盡的論說。〈落花詩〉收在《歸莊集》卷一，前為十二首，後為四首，共計十六首。詩人感嘆生不逢辰，遭逢多故的感傷，其悲愴之情懷，婉轉表達詩中。此外，日人合山究氏也著有〈歸莊における看花への執念─《尋花日記》制作の經緯──〉，發表於《日本中國學會報》第三十四集。此論文著要在探討《尋花日記》寫作的經緯過程，也分析歸氏看花的心情。《尋花日記》收在《歸莊集》卷六，也收錄在臺北新文豐出版《叢書集成續編》第二一八冊。至於《尋花日記》所記雖僅六篇（即：〈洞庭山看梅花記〉、〈看牡丹記〉、〈尋菊記〉、〈看寒花記〉、〈觀梅日記〉、〈看桂花記〉），但由於他對各種花類之觀察十分細膩，加上熟悉各方掌故歷史，所以雖屬普通日記，卻無不生動感人之極！

# 謫仙醉草嚇蠻書
## ——從神仙傳說到意識轉化

　　我們平時閱讀中國古典小說，如果讀到有關神仙方面的故事內容時，的確給人帶來無限的吸引力，比如在《醒世恒言》一書第二十九的〈盧太學詩酒傲王侯〉中，在結束就有這麼的一句話：「或云，遇仙成道矣」，而在這裡提到的盧太學就是盧柟。我們知道盧太學在當時是豪放磊落的「狂士」，憑自己的財力過日子，忌避官僚，雖然如此，到後來生命仍難苟全，可是一生的生活態度則絲毫沒有改變，因此小說就假借其性格而加以寄託，所以才有「或云，遇仙成道矣之句。然而，「狂士」才是主人翁所要表達的主要意義！

　　除此之外，我們又發現在《三言》一書中，特別以唐代詩人李白為題材，而有〈李謫仙醉草嚇蠻書〉（《警世通言》第九），又同樣的以另一位詩人王勃為題材，而有〈馬當神風送滕王閣〉（《醒世恒言》第四十），在這兩篇故事中都敘述了李白、王勃死後不久，便一一成仙升天而去的情形，當然作者的意思離不開由於當時一般民眾對神仙的憧憬而給予描繪與寄託。

　　從小說故事的寄託，以及有關神仙思想的演化，在這當中一定有其形成的歷史與過程，於是現在就讓我們一一來考察吧！其實神仙說應該是始於戰國末年燕齊海濱的方士們，探究其原因，其社會因素，或許可以說在社會日趨繁榮的歷史條件下，人們向深山或海洋開始了

探險及開拓，在這過程當中，自然會出現一些使當時人感到驚異、迷惑、神秘的現象，如：深淵奇洞或海市蜃樓等，人們把幻奇之境，當作天地之間另一妙境，於是神話便油然而產生了！

再而至於前面所提及的海市蜃樓，關於這點則必須論及「三神山」的傳說及鄒衍的思想，所謂「三神山」的傳說是自古代渤海的「海市」（蜃氣樓），海上靈異之氣變化而來，然而住在這一帶的人們也就有了如此的傳說，這一傳說後來被當時的知識份子及方士們加以潤飾，且又援用了鄒衍之說，因此三神之說便漸漸地成了雛形，然而何謂「三神山」？那就是平時在小說故事中常被人們提及的「蓬萊、方丈、瀛洲」，在那兒住有白色的禽獸，矗立著金黃白銀般的神殿，且其中住有廣受信仰和追求的仙人及不死之藥，由此我們可以說神仙的基本特性是「不老不死」、「升天」，這也可以說是初期的神仙說的內涵與意義了。

至於「不死藥」「升天」的概念，後來又受到漢武帝時候封禪儀式及個人對象而顯著地加以潤飾，進而從「仙人」的存在，一變而為「可成」為仙人的轉化。當然在這其間所謂「仙術」的說法也隨之而產生，再而談到在武帝時神仙說背景的形成方面，在司馬遷《史記》〈孝武本紀〉中也有詳細的記載，云：

> 黃帝時萬諸侯，而神靈之封居七年，天下名山八，而三在蠻夷，五在中國，中國華山首山太室泰山東萊，此五山黃帝之所常遊與神會，黃帝且戰且學偓，患百姓非其道，乃斷斬非鬼神者，百餘歲，然後得以神通！……黃帝采首山銅，鑄鼎於荊山下，鼎既成，有龍垂鬍鬚下迎黃帝，黃帝上騎，群臣後官從上龍七十餘人，龍乃上去，餘小臣不得上，乃悉持龍鬚。龍鬚拔，墮黃帝之弓，百姓仰望，黃帝既升天，乃抱其弓及龍鬍鬚

　　號，故後世因名其處曰鼎湖，其弓曰烏號。

在這段文字中，可以看黃帝隨龍升天的情形，然而這也就是其有名的所謂「黃帝升天」傳說，雖然如此，同樣的或許我們也可以瞭解到現實主義、物質主義的人生觀的背後所產生出來的一些神祕性的空間與幻想。

　　自此而後，於是接著又有葛洪《抱朴子》的出現，《抱朴子》論證神仙的實有，駁斥所謂俗人以沒有親眼見到不信神仙，以動物長壽，論證神仙不是假話，並述金丹神功妙用及製法，其次論形神相離，述服藥、行氣、禁咒諸法，倡導棄世求仙，駁斥不信神仙的所謂各種淺見，再而論說孔子等聖人不學仙，不等於沒有仙，佐時與輕舉可兼修，又說聖人不必仙，仙人不必聖，勸人積功學仙，求真師，勤修煉、述斷穀、服藥、吞氣、隱論、變化、導引、乘蹻、存思、符籙諸術等等，就整個而言，《抱朴子》可說是一部有系統的論著，確信神仙的存在，且追求一個構成不老不死的無限性的超現實世界。然其中雖論述了多有關修煉成仙的文字，可是在此或許我們仍要追問，道教到底如何論證人能成仙？關於這個問題，道教主要的是通過三方面來論說人是能成仙的。

　　一　道教或「玄」的神祕性導出人能成仙的結論，道教認為道生萬物，道寓萬物，而道是永恆的，甚至它是有意志，無限的生命力，所以作為有生命的人，只要能守道、得道，便可像道一般永恆。

　　二　以形神分離的理論來論證長生。一般來說，道教把生命看成是由性和命兩部所組成的，關於這點葛洪曾提到，他說：

　　　夫有因無而生焉，形（命）需神（性）而立焉，有者無之宮也，形也，神之宅也。故譬之於堤，堤壞則水不留矣，方之於

燭，燭糜則火不拘矣，身勞則神散，氣竭則命終。(《抱朴子》內篇，〈至理〉)

此段文字可以瞭解，從肉體的長生與靈魂不死兩方面分別或兩個相接合在一起而論證人能成仙。

三　誇大事物變化與醫療等作用，比如：葛洪在《抱朴子》中有云：

雲雨霜雪，皆天地之氣也，而以藥作之，與其無異也，至於飛走之屬，蠕動之類稟行造化，既有定矣，乃其倏忽而易舊體，改更而為異物者，千端萬品，不可勝論，人之為物，貴性最靈，而男女易形，為鶴為石，為虎為猿，為沙為黿，又不可焉。(內篇，〈黃白〉)

本文葛洪認為能人改變性別，回歸自然而轉化其他物類，當然也在誇大人能成為神仙的說法。

於是我們從前面所說的各種情形看來，一般民眾心中的神仙信仰，以及經過知識份子的論議或理論的建立，甚至葛洪還為仙人實有的說法做辯護等等，就道教的長生信仰而言，表現為崇拜仙人，同時也以自己能成為仙人為最終目的，當然在道家所強調的「不老不死」或「升天」的觀念中也應該離不開一種所謂無限性的超現實意識轉化吧！

輯二

# 論丘倉海的漢詩風格及
# 其在詩史上的貢獻

## 一　前言

　　丘倉海（一八六四～一九一二），本名逢甲，字仙根，號蟄仙，仲閼，乳名秉淵，在詩作中常自署「南武山人」。丘氏祖籍廣東鎮平（今蕉嶺縣），出生於臺灣府淡水廳苗栗銅鑼灣，後移居彰化東勢角（今臺中縣東勢鎮）定居，地屬僻郊，與原住民部落比鄰，當地居民部分為粵籍客家人，其俗多屬「尚武負氣」，在光緒三年（一八七七），倉海十四歲應場屋試，主試者為丁日昌，由於應試表現優異，受贈「東寧才子」印，旋又入海東書院受業於施士洁，博覽典籍，識見為之卓拔，於光緒十五年（一八八九）成為進士，時年二十六歲，授工部主事，不久仍回臺灣，而唐景崧延先生為臺南府治崇文書院講席，兼主講臺灣衡文書院及嘉義縣羅山書院，年中往來各書院間，倉海對臺灣年輕後輩之擢拔提攜、儒家文化之宣揚及社郡教育之關懷與推展不遺餘力，倉海所寫的詩作數量相當的多，約計有五千餘首，可是現存者僅兩千多首，其中多為內渡後的作品，由前所述倉海先生的歷史背景與其對臺灣社會文化之貢獻及對民主自由理念之開啟頗值得吾人深念，故擬從以下數端分別探析與窺察先生寓儒於

詩的內涵及其在詩史上之精神氣象。

## 二 本論

### (一) 詩作兼涵儒風與民族氣象

　　在討論倉海的詩內涵之前，首先必須對儒學在臺灣的移植情形稍作敘介，就歷史而言，臺灣儒學的移植與發展，應該從明朝滅亡之後，大約在一六五三年，沈光文（一六一二～一六八八）開始，而後鄭成功才來臺灣，於是中國文化史便由此傳承開來，若考淵源，鄭成功與南朝的儒學是有著深厚的淵源，從驅走荷蘭開始建治臺灣，鄭成功在拓展社會與教化等政策上即相當的積極，而儒學更是其在施行教化上的重要課題，除外，儒學的另一來源則要推福建的朱子學，由於這兩方面的傳遞與宣揚，於是儒學便在臺灣漸漸地發展開來。

　　儒學的移植，對日後臺灣的社會群體的影響是極為深遠的，從沈光文及鄭成功等的推展，一直到後來臺灣各地書院設置，書院教育的普遍，參加科舉考試而登榜者，更是不計其數[1]，這點可見儒學移植與生根的重要成果，然而在這種環境之下，倉海先生自移居至彰化縣三角莊以後，其所接觸到的鼎盛的文風[2]，且此時又得名師吳子光的教導，學識大進，舉凡諸子百家，儒學思想便在倉海少年的心中奠下了基礎，所以展現在作品中也離不了儒家的形迹，比如〈游羅浮〉中云：

---

[1] 書院教育的普遍，士子的程度不輸中國內地的讀書人，相關資料可參考：林文龍著《臺灣的書院與科舉》（常民文化出版，1999年9月）。又：陳昭瑛著《臺灣儒學》（正中書局，2000年3月。）

[2] 楊護源著《丘逢甲傳》（臺灣省文獻委員會，1997年6月），頁10。

明儒盛講學，天下皆講席，
幾令名山間，存儒無道釋。[3]

又如：

陽明且戰且講學，學派曾傳揭嶺東，
鱗爪島夷矜弋獲，皮毛少年枉推崇。
空山偶得觀心法，橫海虛期破虜功，
今日會稽誰繼起，天涯攜手雨濛濛。[4]

從這些詩作中便可窺察出倉海在深受儒學薰習後的一種超然情操與思想，當然這種思想精神的表現，它並非狹窄，而是寬廣的，尤其是當他考中進士後，棄官從教，回到臺灣來從事教育，捍衛國土，而這種觀念與想法，在當時的臺籍士子來說，或許是一種普遍的現象，不僅是丘倉海是如此，就像在新竹地區的鄭用錫兄弟、臺北地區的黃驤雲、陳維英、黃敬及臺南一帶的陳震曜、劉恩勛等均然[5]，士子們所表達這種精神，如果就其深層面去推究的話，其最主要的無不是在抗拒當時官場的腐敗或不滿，再而就是當時有一些具有高度覺悟的士子們，為了謀求國家強盛富強，於是開始改變既有的觀點，如林則徐、姚瑩、魏源等人都可說是其中的代表者，然而倉海在當時社會思潮的激盪下也不能說沒有受到影響，他在〈聞膠州事書感〉中就云：

---

3　丘逢甲著《嶺雲海日樓詩鈔》（臺灣大通書局出版，臺灣文獻史料叢刊，第八輯），頁261。
4　同前註（3），〈蟄仙見和前詩，時將歸浙，仍用前韻〉（二首），頁257。
5　李祖基著〈論丘逢甲的生平思想與時代潮流〉一文，收入《丘逢甲與臺灣歷史文化學術研討會》論文集（逢甲大學人文社會研教中心，1996年3月）。

漢家長策重和親，重澤傳經許大秦，

祆廟屢聞生憤火，蓬山又見起邊塵。

青州灑斷愁難遣，黃海舟遲信未真，

慷慨出門思弔古，田橫島上更何人。[6]

又如：

萬里滇雲築將臺，班師久奏凱歌回，

九山天半青如故，又費將軍倚馬才。

戰火連山夜擊刁，邊功人說霍嫖姚，

攻心畢竟推諸葛，萬古威名倚碧霄。

飛車消息近何如，海上妖雲誓掃除，

立馬東南望天象，狼星魔燄眼中無。[7]

倉海描述心中的悲憤、沉痛的詩作甚多，然就以上所列者，作者隱含於詩中之意涵無不教人感受到其愛國捍土的精神，他以強烈的文辭表達了那些準備覬覦我國領土者——列強國家的不滿！

在當時外來勢力的入侵，清廷武力薄弱與無能，的確揭示了當時內政上的種種隱憂，而這些現狀都清楚地映存在詩人的眼裡，就像倉海這樣一個「以天下為己任」的志士來說，更是悲憤慨嘆，所以在甲午戰爭開始，他更以「抗倭守土」血書號召鄉里，投筆從戎，籌建義軍，保衛自己的疆土，故在得知清廷政府決意放棄臺灣之後，倉海等人立即籌建臺灣民主國，推臺灣巡撫唐景崧為總統，改元「永清」，

---

6　同前註（3），〈選外集〉，頁306。

7　同前註（3），〈次韻和馬總戎都龍紀勝四絕句〉，頁73。

他這種精神之原發與開展無不淵源於自年少時所受之儒家教化，培養了一股強烈的民族精神氣慨，這種氣象都表達在其作品中，例如〈竹枝調〉：

> 一劍霜寒二十秋，大王風急送歸舟，
> 雄心未死潭邊樹，夜夜龍光射斗牛。[8]

這雖是首抒情之作，可是卻有不同凡響的思想蘊含其中，比如以劍潭插劍成樹的傳說為自喻，同時更以夜夜龍光射斗牛的氣勢抒寫其壯志雄心，而這種精神情懷，其實頗有文天祥在〈正氣歌〉中所表達的浩然氣慨，然而在倉海的詩作中，不論在內渡前或內渡後所寫的作品，其在內涵上隱含著一股浩然的情感，凌厲雄邁、纏綿沉摯的氣勢，而在詩界來說，倉海不論才情與學力，都應該算是冠絕儕流的詩人。

## （二）開啟詩界革新之主張與風格

中國傳統文學發展到了清代晚期，由於外來思潮的入侵，我國的社會及文化等開始面臨多方的衝擊。在文學方面，其中受影響及變遷最大的算是傳統詩歌，在這場變革過程當中，梁啟超則應該算是對詩歌提出看法與改革最力者，他主張傳統詩歌必須以時代語言入詩，同時要能表現出時代精神與情感，這樣才能豐富詩歌的生命內涵，所以這場詩歌的革命運動對日後文化的發展產生了極大的影響，而倉海剛好是這時期的人物，所以當我們考察其詩作時，在內容及表現風格上是活潑清新，不避俚俗口語，以時代精神為主軸，表達了雄邁豪放的詩型風格，其實倉海對詩界之革命，他自己也頗有自信的，現就以下

---

8 見〈臺灣竹枝詞〉四十首中的第四十。

幾點來探析其詩作風格。

## 1. 念臺與感時之悲嘆

　　倉海是位才情卓越，感時深刻的詩人，然在清朝，尤其是社會腐敗多樣的變化與動盪不安下，而詩人在懷念臺灣與對時局之感慨尤為深切，在這段時間他所寫的詩作，可說無詩不愁，其中以懷臺為主題者最普遍，例如：

> 天涯雁斷少書還，夢入虛無縹渺間，
> 兵火餘生心易碎，愁人未老鬢先斑。
> 沒蕃親故淪滄海，歸漢郎官邈故山，
> 已分生離同死別，不堪揮淚說臺灣。[9]

倉海這首詩是在鄉居粵的時候所寫的，抒發了他對臺灣的思念，看到國家土地的割讓，心中無限的慨嘆。朝廷的無能，這對滿腹雄心的人來說，怎能不會有兵火餘生心易碎與未老鬢先斑的可能呢？接著又在割臺周年時，倉海又寫了〈春愁〉一詩，云：

> 春愁難遣強看山，往事驚心淚欲潸，
> 四百萬人同一哭，去年今日割臺灣。[10]

在作者的作品中以臺灣入詩，且傷痛不已者其實不止此，另如〈往事〉也云：「往事何堪說，征衫血淚斑，……不知成異域，夜夜夢臺

---

9　同前註（3）卷一，頁10。
10　同前註（3）卷一，頁26。

灣。」[11]詩歌本來就是屬抒情寫志的一種文類，當割臺事件發生後，
倉海一直無法平復其心中恨緒，既使內渡到潮州，在遊山覽物之際，
仍常作詩以抒發心中之痛苦，除前舉者外，在《詩鈔》中又如〈客
愁〉、〈山村〉、〈極目〉、〈愁雲〉、〈梅子〉、〈重陽前數日風雨忽集
慨然有悲秋之意〉等都是屬懷念臺灣為主的詩作。之外，他也對收復
國土的雄心及眼見當時列強環伺而人心惶惶的景象，作者也以詩表達
了其感慨：

> 方今議者利變法，我法不用寧非羞，
> 況有治人無治法，若為國計宜人求。
> 惟公抗古獨持論，會當入告宣嘉謀，
> 有客哀歌動天地，蹈海不列生猶偷。[12]

又如：

> 極目寒山落照遲，邊風獵獵捲牙旗，
> 黃犀入貢非今日，白馬馱經異昔時。
> 山海龍呼愁變夏，春秋麟泣戒書夷，
> 千年妖火彌張燄，太息流傳景教碑。[13]

這些雖屬抒情性作品，但是作者內渡後在潮州眼見國內局勢紛亂，政
治不安有所感而發的心聲，在其中有些為了私利而變法，甚而我法不
用也無羞愧，社會一般已到了無公理的地步，所以詩人才會寫出「有

---

[11] 同前註（3）卷一，頁29。
[12] 同前註（3）〈長句贈許仙屏東丞並乞書心太平草廬額，時將歸潮州〉卷一，頁33。
[13] 同前註（3）〈歲暮雜感〉（十首），卷一，頁42。

客哀歌動天地，蹈海不死生猶偷」那樣深切悲憤的感慨之聲，然而至
於作者看到當時妖火般的列強縱橫國內，這種現狀對一位書生而言，
縱使有滿腔的雄心，又何能施展其理想抱負呢？所以詩人的「封侯未
遂空投筆，結客未成枉散金」[14]又可說表托出了其內心另一番的悲涼
激楚與對時局沉淪之感嘆！

## 2. 對社會平民疾苦之關懷

　　倉海在未內渡以前，當時的社會已呈現頹敗，民生凋敝的現象，
對此在詩中我們可以看到，作者以忠實的筆觸赤裸描述了當時的景
況！在前面我們曾論及其對臺灣這塊土地的思念，但那或許是屬於在
感情上的一種不捨之表述，可是倉海在詩作中對中下層人們的生活卻
有深一層的關懷——平民的疾苦，例如在〈鄰居皆農家者流也，春作
方忙作農歌以勸之〉：

> 爆竹聲中歲琯更，照完盧耗待春耕，
> 農家共上封人祝，戶戶春聯寫太平。（第一首）
> 人歡占豐預記明，刺桐花發葉初生，
> 天公肯遂田家願，又放交春一日晴。（第二首）
> 等閒休負好春光，也送兒童上學堂，
> 領略農家真事實，孝經先講庶人章。（第七首）[15]

在這幾首詩中，我們可以領略到作者對農家平時農忙和預卜豐收的盼
望，作者雖然是社會的高層菁英書生，但是對一般平民農家的生活，

---

[14] 同前註（3）〈愁雲〉，卷一，頁21。
[15] 丘逢甲著《柏莊詩草》，（臺北市文獻委員會，1980年6月），頁18。

仍是相當的注意和關照的，又如他在〈老番行〉中云：

> 牛田山前逢老番，為人結束能人言，
> 自云舊社佩薯屯，播遷以來今抱孫。
> 二百年前歸化早，皇威震疊臨臺島，
> 雞羽傳書麻達少，鹿皮納稅必丹老。
> ⋯⋯⋯⋯⋯
> 方今全山畢開闢，更從何處謀安宅，
> 番丁業盡為人役，空存老朽溝中瘠。
> 況聞撫番待番厚，生番日醉官中酒，
> 同沐天家浩蕩恩，老番更比諸番久。
> 可憐為熟不如生，衰落餘年偏不偶，
> 夜半悲呼山月暗，哀思難向青天剖。
> 我聞此語為興嘆，臺民今亦傷無家。
> ⋯⋯⋯⋯⋯ 16

由於這是一篇長篇的歌行體詩作，其內容主要是在描述對當代的社會老番，也就是原住民的平居生活，但其中更重要的是寫出了清代對原住民制度的缺失，「番丁業盡為人役」，他們的痛苦不知向誰訴說——「哀思難向青天剖」，同時在漢人掠奪土地的狀況下，番民的生活境遇可說是極為坎坷，這在作者的長詩前有序述及，當時中路岸裡的社歸化最早，在諸屯中也最有勞績，後以侵削地垂盡，且多流移入埔里社地方，再看番業又日蹙流移，造成無地無屋可居的悲慘境況！倉海除了對番民的生活提出不平之外，其對一般百姓的災難之苦同樣

---

16 同前註（15），頁13。

有深刻的表述，例如在〈述災〉中有云：

> 炎天久不雨，一雨遂汛濫，
> 三江勢俱漲，有地皆水占。
> 平鄉水過屋，高市水入店，
> 桑田盡成海，餘者山未陷。
> 無隄能自堅，有稻不得斂，
> ………
> 無家百萬人，仰視寧無憾。
> 雖有汎舟粟，救死亦云暫。[17]

在當時社會政治紊亂、國弱民苦，而這些景象全呈現在詩人眼前，自然會泛起無限的悲鳴嘆息，於是當遇到天雨成災，「平鄉水過屋，高市水入店」，人民生活無法安頓時，在詩人的心中，那種苦痛是無法以言語形容的，而人溺己溺仁者的關懷精神就真率地表達於詩作中，然而除了以上所例舉者外，其他如〈春日遊別峰寺〉、〈三饒述懷〉〈廣濟橋〉、〈黃田山行〉、〈春暮遊揭陽作〉、〈山村即日〉及〈和曉滄買犢〉等均屬同樣的題材，對人民的疾苦都作了深刻的描述，當然這種同情人民生活的疾苦狀況的書寫，其實在事實上也是在對當朝者的強烈不滿與批判！

## 3. 開創現代口語化之社會性詩格

丘倉海的詩作主題，就從《柏莊詩草》或《嶺雲海日樓詩鈔》中的作品考察看來，其中大部分都是屬於感時懷憂或對社會民生疾苦之

---

[17] 同前註（3），〈述災〉，頁226。

真實表達，甚少有風花雪月之類的感抒，可是值得注意的是其中以閭
巷見聞、風土習俗等題材入詩者可說最為特殊，其內涵層面堪稱博
廣，涵括了民間習俗及宗教信仰等，風格極為新穎突出，改變了舊有
的寫詩範疇與手法，而這種書寫表達方式，我們或許可以稱它是一種
所謂的新「社會體」式詩型，它在遣辭用字上都極為鮮活清新，而內
涵則多偏社會時局之描述與反映，如〈燃燈歌〉：

> 借燈說法喻大眾，燈花飛粲舌底蓮，
> 燃燈古佛古最古，其古乃在如來前。
> .........
> 自從傳燈失本義，佛應流淚遣言荃，
> 如蛾赴燈為利誘，眾生苦海真無邊。
> 無人出作獅子吼，將疑劫火遺竺乾，
> 南無綺語菩薩者，善哉說此燃燈篇。[18]

又如〈興福寺〉：

> 寺古車半頹，剝落餘榜字，
> 鄉人利邀福，田鄉遂名寺。
> 殘僧缺梵誦，一飽無陀志，
> 依稀臨濟宗，欲說猶能記。
> .........
> 曇華久不現，貝葉紛相棄，
> 惟煽芙蓉妖，流毒遠相被，

---

18 同前註（3），頁293。

東來偏震旦，民財坐疲匱，

既今寺中僧，與俗亦同嗜，

猶記福田說，鼓眾博檀施。[19]

丘氏作詩的特色大致而言具有強烈的社會性格，他雖以風土民俗信仰為詩的題材，可是仍離不了諷刺及批判的精神，比如前一首的「自從傳燈失本義，佛應流淚遣言筌」，當地的民眾對信仰佛教傳燈已淪為陋俗，只有詩人作出了獅子吼，眼看那些眾男信女為了利益的誘惑，於是如蛾般的前去參加傳燈會，這樣請問眾生的苦難就會有止境嗎？又如另一首〈興福寺〉，在詩意的蘊涵上也頗為相近，「殘僧缺梵誦，一飽無陀志」、「惟煽芙蓉妖，流毒遠相被」，僧俗敗壞，淨土不再，這些都引來了詩人無限的感嘆！其實這種慨嘆，在作者心中是存著極深的改革企盼的，可是無奈社會腐化，政府無能等因素，民間疾苦何時才能除去，陋俗何時才能轉化為民間樂土福田？作者以民間信仰現象為入詩題材，的確深刻的表達了社會時代意義，其次在其敘述方式上多據書直書，滌除了華麗鋪綴的藻詞，而以平淺易懂，近似口語或散文化的構詞書寫，這種表達風格可說是開啟了傳統詩歌寫作的另一扇窗子！

## 4. 對地方奇異山水與羽族虫豸之描述

除了前面所提及倉海的詩式頗近社會詩外，然在其詩作中尚有一類是有關奇異山水及羽族虫豸之類的描述，這些作品語淺義深，比喻十分貼切，具奔放豪邁的氣象，如〈濁水溪歌〉：

---

[19] 同前註（3），頁294。

> 樂府新翻歌獨漉，不畏水深畏泥濁，
> 水挾泥行萬萬斛，突出洲心囓山足。
> 車陷鍼難掀以出，舟膠昭豈征能復，
> 縱鮮凌波襪亦塵，況嗟鄭婢泥中辱。
> 一斗之水泥六升，淫潦夏降洪流騰，
> 行人坐守估客嘆，篙師百呼不一應。
> 南風獵獵戰爭葦，夜半飛燐嘯溪鬼，
> ………
>
> 鵲巢不過溪南樹，竹屋瞰溪留客住，
> 泊舟更唱箜篌引，瀟瀟暮雨公無渡。[20]

又如〈大甲溪歌〉：

> 大石如人班立肅，小石如羊尋臥伏，
> 連營八百斷復續，不數八陣壘魚腹。
> 水挾石走西行速，尋山隨溪互直曲，
> 驚湍十丈下深谷，沙飛泥圻無平陸。
> 東來就海爲歸宿，溪色微黃海深綠，
> 赤道以南火上燭，熱風夜出蕩坤軸。[21]

倉海的詩歌寫作類型極為廣泛，除寄懷、懷古、題畫、賦贈、詠物之
外，再而就是以地方奇異山水和羽族虫豸為詩材者也不少，不論是直
敘、象徵托意，或雕鏤物情等都具情趣特色，例如前舉〈濁水溪歌〉
及〈大甲溪歌〉者，其將溪流的景況以歌行體的方式表達出來，措辭

---

[20] 同前註（15），頁81。
[21] 同前註（15），頁41。

文字通俗明白，頗近方言口語的寫作，所以讀後令人印象深刻。

至於以羽族虫豸為入詩題材方面，在倉海詩中佔有極大的份量，例如〈秋雁歌〉[22]、〈見雁〉[23]、〈放生鵝歌〉[24]、〈孔雀〉[25]、〈白鵲〉[26]等，這些作品雖長短不一，但每首詩在內涵上都頗富反諷，或自我解嘲的高妙意境，十分發人深省！倉海在早年曾寫有〈虫豸詩〉[27]五十首，比如蚊蚋、蛇蟹、蟬蝶、蜂蟻、蟲蠅、蛭蚓等，這些雖屬自然界的小昆蟲，但在作者的筆下則成了最生動的寫作題材，例如把「蚊」喻為拼命吮食人們膏血的敗類，只要聞其聲而內心極感憎惡。又把「蟻」借喻自南柯一夢的故事，警告那些只知拜金主義者，每首詩都極富深義[28]，相當的耐人尋味！

倉海被譽為「詩界革命」[29]者，首先變革了其與舊有的詩風格之不同，而其中最明顯的就是在詩作中大量地注入新思想與新事物，突破了舊有的窠臼，描述靈活，內容多樣藉新語以入詩，展現了「我手寫我口」[30]新穎的書寫手法！

## （三）詩心悲憫藉放歌以抒懷

倉海在少年時候便得名士的指導，熟讀儒家書，加上其家族與儒

---

[22] 同前註（3），頁11。

[23] 同前註（3），頁19。

[24] 同前註（3），頁14。

[25] 同前註（15），頁76。

[26] 同前註（3），頁291。

[27] 同前註（3），頁52。

[28] 參見王甦〈丘逢甲詠物詩的美學觀〉《文學與美學》（臺北市：學生書局），第六集。

[29] 梁啟超著《飲冰室詩話》。

[30] 參黃遵憲卷一〈雜感〉寫於同治6年（1868），詩中有〈我手寫吾口，古豈能拘牽〉句。

家原來之深厚淵源[31]，自然孕育出了倉海日後的人格特質，「東望君山念吾祖，勤王當日亦復師無動」[32]的儒家尊君重孝的精神氣節，於是這種悲憫之情無不常在其詩作中顯現出來，然在文前也曾提及作者多以目睹世間的疾苦現狀入詩，而這種描述方式，其實應該就是一種具有所謂「社會詩」的特色存在，作者把當時的社會現象實錄了下來，而這也就是日後研究社會生活史的真實可貴資料了。

倉海是位詩才橫溢，所寫的詩作類型屬多元化，且自出機軸，計在詩集《柏莊詩草》中收詩有二百八十二首，這些詩作多屬居臺時所作，而在《嶺雲海日樓詩鈔》中一千六百八十五首，大約有近一千首的詩是在懷念臺灣的，舉凡述懷遊仙、虫豸雜詠，放歌夜話等均不離詩作之內容，然就詩氣而言，則可謂涵存悲憫，慷慨激楚，既使在內渡之後，在政治觀上雖漸偏維新方向發展，然吟詠仍不輟，且對國事之關懷也未曾稍減，由此也可見詩人的堅持與執著，再而於如此困阨的境遇下，藉吟詠放歌可能就是唯一可以解除心中的沉痛方式了，諸多的作品中，或許可以略舉數例，以見作者感世悲涼的情形，如〈東山酒樓放歌〉：

> 丈夫生當爲祖豫州，渡江誓報祖國讐，中原不使群胡留，不然當作李鄴侯，翩然衣白與帝游，天家骨肉畀無尤，胡爲祇學謫仙醉，到處吟詩題酒樓。今日何日東山陬，雲陰陰兮風颼颼，山中五月如清秋，…………蘭陵諸蕭才力遒，人師我愧東家丘。儒書無能解國憂，仡仡食古心不休[33]…………

---

31 同前註（2），頁7。
32 同前註（3），〈以攝影法成澹定邨心太平草廬圖，張六士為題長句，次其韻〉，頁243。
33 同前註（3），頁111。

又如〈天南第一樓放歌〉：

> 亞洲一片雲頭惡，群花摧折雌風虐，護花幡立海東南，袨裘公
> 子方行樂，千紅萬紫開春中，團圓月照何王宮[34]…………。

在倉海的詩作中，除了五、七言律、絕句、排律之外，比如像以上所
舉的放歌式的寫作方式，也可說是作品中較為特殊的，在集中計有
〈采菊歌〉、〈秋雁歌〉、〈當歌〉、〈放生鵝歌〉、〈大風雨歌〉、〈鳳凰
臺放歌〉、〈東山酒樓放歌〉、〈七洲洋看月放歌〉、〈天南第一樓放
歌〉等約近二十首之多，然這些作品大部分都是在內渡後所寫的，當
內渡後雖傾全力於辦地方教育，可是仍無改其對國家社會民生之關懷
的原有心志，故在歌行的文字中多表述了其內心的傷時與苦楚，於
是連雅堂曾說：「逢甲既去，居於嘉應，自號倉海君，慨然有報秦之
志，觀其詩，辭多激越，似不忍以書生老也。」[35]的評論，這點其實
說得相當正確。

　　倉海的詩作就整體而言，其內涵多取之於社會實感，真實的具體
景物，在技巧手法上則多以象徵託意來表現其情趣或沉鬱的意象，其
中雖然大部分的主題都是從實處入手，再推衍到有關國家、人民命運
及自己內心感情的細微感受，而這種表達方式，其實頗像杜甫善從身
邊瑣事引申出國計民生大問題的寫作風格，他的〈茅屋為秋風所破
歌〉、〈春望〉、〈北征〉等，每篇都穿插一些重大的社會政治內容或
生活細節，甚或用自己一個家庭的遭遇反映整個國家的變化等，然讀
倉海詩也有此種感受，所以王松就說：「邱仙根工部（逢甲），才情
學力，冠絕僑流…………工部詩才，淋漓悲壯，盤錯輪囷，肖其為

---

[34] 同前註（3），頁143。

[35] 連橫著《臺灣通史》〈丘逢甲傳〉。

人」[36]，其實是有它的道理在的。

## （四）在詩史上的貢獻與評價

在中國文學史中，一般來說對清詩部分都不太注意和重視，其中除了像鄭珍、金和、王闓運及黃遵憲外，對晚清階段的詩界情形似乎不太特別的關注，這可能是由於傳統文學到了晚清已走入了末流，再加上社會受到外來的重大衝擊，西式教育不斷侵進，廢除了辭章取士，知識份子覺醒等等，於是直接或間接地帶給了傳統文學界極大的刺激，由於大環境的改變，學界也唯有朝新變或轉化的方面發展了！

倉海正好是處在這樣一個轉型期的文學革新階段的人物，他是詩人，也是政治家，其所關懷的是國家的處境，生民的疾苦及慈禧專政誤國等等，故其所作的詩品內涵自然就與社會、時局之脈動與變遷分不開，如此的密切關係，當然是導源於詩人本身的悲憫心及其以天下為己任的雄偉抱負，而這也是他後來託寓於作品中的部分內容，然就其詩作類型及風格看來，則似有社會詩或史詩之樣式，但若要以「史詩」自任的話[37]反映時局，或論評時代政治人物，關懷面必須博廣。同時要有深度的歷史觀點，倘若僅是從由於中日戰敗而提出一種抗訴或對朝廷的不滿，或反映臺民們的生活疾苦等，這樣或許只能列屬為一種社會實錄的記載性文學而已！

雖然如此，但不論他在渡臺前或後的作品，其實都是以真實寫實景，以雄渾抒心懷，特殊者是開創了以現代口語化方式入詩，這可說是一種革新的新式寫法，打破傳統漢詩的窠臼，且又以地方奇異山

---

[36] 王松著《臺陽詩話》（臺北市：臺銀經濟研究室，臺灣文獻叢刊三四種，1959年）。

[37] 同前註（3），頁214～215，〈題凌孟微天空海闊簃詩鈔並答所問臺灣事〉（三首）、詩云〈牙旗獵獵捲東風，舊事真成一夢中，自有千秋詩史在，任人成敗論英雄〉。

水，或羽族虫豸為寫作題材，託意堅貞，以象徵手法表達了豐富的諷喻詩意，而其啟示人亦深，且這也開啟了漢詩內容雅俗兼備，多元活潑化的另一詩格。

在倉海現存二千多首詩中，以七絕七律佔多數，其次是七古，其他又次之，而當中倉海最善者為五、七言律詩、絕句，再而是排律、歌行體及民間竹枝詞等。一般而言，倉海律詩有如此工整高妙，乃深受杜甫之影響（見前引王松《臺陽詩話》）。丘氏在融攝與脫化後的詩作可說受到了詩界的注目，黃遵憲也曾致書梁啟超說：

> 此君（逢甲）之詩，眞天下之健者。彼自負曰：「二十世紀中，必當有刻黃、丘合稿者。」又曰：「十年後將代公而興。」論其才調，必造此境，不可誣也。[38]

又南社詩人柳亞子也說：

> 時流競說黃公度（遵憲），英氣終輸倉海君，戰血臺澎心未死，寒笳殘角海東雲。[39]

再而近人李漁叔在《三臺詩傳》一書中也說：

> 臺灣遠處東偏，自沈斯庵後，唯代有吟人，而自抱孤芳，聲華未盛，…………，而自邱倉海出，日懋聲光，…………抗顏英俊。[40]

從前面所引三文中，可見丘氏在詩界的受重視，尤其是受到清末詩界

---

38 見黃遵憲〈與梁任公書札〉。
39 見柳亞子《論詩文絕句》。
40 李漁叔《三臺詩傳》（臺北市：學海出版社，1976年）。

革命的代表人物黃公度的讚賞，以及柳亞子還將黃、丘二人平等比觀，又李漁叔更認為倉海將是臺灣詩史上具有新變代雄的重要性，而這些無不說明了詩界對倉海詩作風格的一種公開推許及肯定其對漢詩之貢獻！

## 三 結論

　　丘倉海出生在臺灣，自小接受儒家教化，而培養了其經世濟民，以天下為己任的思想觀，當清朝被迫割讓臺灣時，他為了穩定動盪的局勢，號召民眾團結，並倡議建立「臺灣民主國」，結合全民力量以抗外侵，雖未能達至最後願望，但已將民主自由之意識概念最早在這塊土地上孕育，而這意志的始立應是吾人深念的一件大事，再而他在二十六歲之年考取進士，雖授工部主事，竟毅然不就而返臺，在崇文、衡文及羅山書院講學，宣揚儒學，擢拔後進，感人至深。倉海所作詩篇為數眾多，現存者僅二千多首，大部分是內渡後的作品，在內容上多屬慷慨激楚，悲涼沉痛之作，但其中以閭巷見聞、風土習俗等題材入詩者，可說最為特殊，內容層面涵括了民間信仰、奇異山水、羽族虫豸等，風格新穎突出，改變了舊有的寫詩範疇與手法，在遣詞用語上雖偏俚俗平淺，然寓意深遠，在雕鏤物情方面，生動自然，極富情趣，讀後頗發人深省，倉海這樣以「我手寫我口」，以真情寫實景，以雄渾抒心懷的寫詩方式，我們或可稱它為經「詩界革命」後之一種社會性的新體式漢詩吧！

# 日據時期白話詩的
# 內涵與詩型風貌

## 一　前言

　　臺灣新文學運動是在日本殖民體制下萌芽，而就時間上來說應是從一九二〇年開始，在這之前，臺灣的文學活動是以聯吟、詩會、詩社的舊詩人為主，後來由於國際文學思潮及大陸內地白話文運的指導、影響，於是當時臺灣的文壇才開始掀起了變革，而這段文學運動，一般稱之為「搖籃期」[1]，其主要的內容是展開新舊文學的論爭，在熱烈的論辯中，臺灣作家主要的是希望建構一套臺灣新文學的理論體系，例如張我軍所主張和闡釋的臺灣文學的本質、內容及形式等。在這時期常發表詩作的作者則以張我軍、楊雲萍等充滿銳志的年輕詩人為主，他們的詩作大致上來說是仿效五四時的新詩型式。當然臺灣新文學的種籽經過這段時間的孕育之後，自然發展、壯大，而後接著是所謂開展及成熟的階段。約在一九二五年左右，臺灣文化協會成立，民族運動、文化啟蒙等逐漸展開，日人的殖民體制也已日見完備，同時「臺灣民報」（原在日本發行）及其它刊物也獲准在臺發行，而當時活躍的詩人作家的有懶雲（賴和）、楊守愚、陳虛谷、

---

[1] 葉石濤著《臺灣文學史綱》，（文學界雜誌出版，1987年）。

楊華、克夫、毓文（廖漢臣）等，他們大部分詩人兼小說家，雖然在殖民政府體制下，仍以中文寫作。雖在一九二五年裡，大量轉載了大陸的作品，然而就整個環境而言，這對一批有志於寫作者而言，除了日文外，無法獲取其他世界的新知及切身的中國大陸的文學動態。雖然如此，但臺灣新文學經過〈臺灣民報〉及〈臺灣新民報〉的大力支持下，當時一批優秀的文人作家漸漸成長、茁壯，不論中日文長篇小說、作品或評論等均常見發表在「現代生活」、「曉鐘」、「赤道」等文藝雜誌上。

臺灣文學在發展的過程中雖充滿曲折，然仍醞釀著濃厚的奮起氣息，臺灣文藝聯盟在全臺灣掀起了高潮，以中日文雙軌創作的作家輩出，且在日本人的雜誌入選作品也不少[2]，其中詩人王白淵也出版了其詩集《荊棘之道》，在當時備受稱讚。然就臺灣新詩的興盛期而言，其實應該是從一九二七到一九三七年，前後大約十年的時間，從一九三七以後，日本政府當局開始廢止漢文，同年六月對「臺灣新文學」也頒布了禁載中文的命令，這項禁令對當時以中文寫作的作家來說，可說是一項致命的宣告，之後《臺灣文藝》、《臺灣新文學》也相繼停刊，而臺灣文學發展也進入所為的戰爭時期，臺灣作家喪失了發表園地，臺灣的新文學於是便開始沉靜了下來。

其實，臺灣新文學發展，依據一般情形看來，應該有它引起變革的導因，關於這點，首先要注意的是，在一九一九年，也就是五四運動發生的時候，日本為了加強臺灣的建設，發展農業，實行近代化，社會可稱安定，而臺灣島內的人們隨著自由思潮也要求自治的意願日漸高漲，但在面對當時日本高壓的政策下，臺灣的人們只好採取合法、迂迴、漸近的溫和的文化啟蒙運動方式展開[3]，再而這批臺灣的

---

2　李南衡主編《日據下臺灣新文學》（〈詩選集〉（四），1979年），頁7。

3　同前註（1），頁35。

反日運動並非在島內發動，而是由在東京的臺灣留學生所組成，其中包括了蔡惠如、林呈祿、蔡培火等[4]。這股反日運動，除了由東京留學生所發起外，其實還有一點，我們必須注意的，那就是正如陳少廷所說的：「臺灣新文學運動是直接受到祖國五四新文化運動的影響而發生的，它始終追求五四以後的新文學之傾向，可以說是發源於中國新文學運動的支流，首倡新文學運動的黃朝琴、黃呈聰、張我軍都是在中國新文學運動後到祖國的本省青年。」[5]由前面的敘述，我們大致可以瞭解到臺灣新文學史的發展概況，而至於它的精神內涵，詩人王詩琅（錦江）曾經這樣說：

> 臺灣新文學是孕育於日本殖民地體制下的，以反日新文化運動一支派生隊伍出現，因此，它的基調本來就具有民族思想和民族意識，況且初期是在五四運動影響下以白話文為寫作工具，性格極為明顯，日當局忌嫌他們的民族思想，毋寧說是當然的，而且他又跟五四的中國大陸新文學亦步亦趨，反帝、反封建是其最大題材，至於反殖民地體制，更是它所需的客觀狀況所產生的特質更不消說了，縱然後其社會情形的變化，寫作工具的主力也移到日文，脫離了暴露式的政治色彩，作純粹文學的藝術表現……在日人的政治壓力之下淪為宣傳工具，但無疑地民族意識、民族思想未泯，反而隱秘起來，仍成其底流、潛在意識……。[6]

由前面的引論及分析，我們瞭解在日本的統治下，臺灣文學的發展的

---

[4] 古繼堂著《臺灣新詩發展史》（臺北市：文史哲出版，1989 年），頁 19。
[5] 同前註（4），頁 18。
[6] 王詩琅著《日據下臺灣新文學》代序，（《詩選集》（四），1979 年），頁 99。

確是曲折且艱辛的，但由於詩人作家們的堅忍與努力，秉持著一種不屈的精神，在以中文和日文雙軌式的創作發展上都有斐然的表現。

然就臺灣新詩的發展過程中，其中雖然有些是從舊詩中脫胎轉化而來，有些是由五四短詩中學習模仿，最後他們都能蛻變而呈現出風格，然就初期而言，有些由自然轉而深沉、厚重，甚而有些更以冷徹而纖細的眼光去透視社會，深深地表達出了個人對社會的現實的哀痛等，這種詩風轉折，當然不難看出多由其複雜及文化斷裂激盪後，所呈現出來的詩型及其內涵特色！

## 二　舊文學及殖民體制下的臺灣新詩內涵

就整個臺灣文學史在日治時期的發展情形來考察，中國傳統的文學始終是臺灣文學的主流，殆無疑義從明永曆六年（一六五二），沈斯菴（一六一二～一六八三），抗清失敗，渡海來臺從事教學，推展文化工作，加上當時鄭成功、鄭經父子的大力配合主張，傳統文化在臺於是逐漸生根，培育了無數的文士、書院或詩社。連雅堂在《雅言》第九十節中就說：「三十年來，臺灣詩學之盛，可謂極矣，吟社之設，多以十數，每年大會，至者嘗二三百人，賴悔之所謂過江有約皆名士，入社忘年即弟兄，識可為今日詩會讚語矣」。[7] 由這段文意，不難瞭解那時候文風之熾盛了。

據當時出版的總集，最早是以六十七所編《使署閒情》為代表，又夏之芳所編的《海天玉尺篇》初集及二集，再而唐贊袞的《澄懷園唱和集》、洪儒的《寄鶴齋詩話》、湖南溟的《大冶一爐詩話》及連雅堂的《臺灣詩薈》等，除了這些之外，尚有其他詩人獨自出版的

---

[7] 文中所指的「三十年來」應該是指從日據以來的意思。

詩集，當然這也可以看出自清初以來臺灣傳統詩人的發展情形[8]。然而，如前言所述，這期間也同時孕育了臺灣新文學的誕生。就臺灣文學早先的發展情形來考察，一批留日的臺灣學生，他們組織了「臺灣青年會」，並創辦《臺灣青年》雜誌，其實他們主要的是想推行「新文化運動」，並主張刊載白話文寫作的作品為目的，由於文學運動經過情形激烈，期間有白話文論戰、新舊文學論戰和臺灣話文討論（又稱鄉土論戰），在這場論戰當中，一批年輕的文藝作家如張我軍、黃呈聰、黃朝琴、陳端明等，曾對舊文學提出強烈的批評，於是，隨即引起了像連雅堂、悶葫蘆生、黃衫客等不少舊派詩人的反駁，而這是一場非常重要的文化主張與思想論辯，後來加上社會思潮變革所趨，又像半新舊（人名）、蔡孝乾、葉榮鍾等附和張我軍等人的看法，於是受矚目的新文學發展於焉形成了。

我們知道當一種新思維或觀念開始發展，或逐漸轉入到一個社會族群的時候，其間難免要產生一種衝擊或抗衡現象，而像對本有的舊文化思想提出改革轉化者來說更是如此。就當時新詩的情形來看，其實日據時期的臺灣新詩作品在內涵上是具有其歷史、時代社會精神意義的，當時人們是處在多面壓力的社會環境下的，在如此一個未能全面開放或自由的狀況下生活或創作，不論在精神或文學作品的內涵的表達上很難說不會受到某種程度的影響或牽制，說得更明白一點，我們或許可以說當時的帝國殖民主義與本土的民族主義相互在暗中抗衡，而這種氣氛在作者的文學作品的表現上隱隱然顯露了出來。

日據時期的臺灣新詩，經過了前面的變革後，呈現出來的當然是清新的面貌，此時楊雲萍出版了詩集《山河》、邱淳洸也出版了詩集《化石的戀》及《悲哀的邂逅》，至於其他活躍的詩人則有巫永福、

---

8　王國璠著《臺灣先賢著作提要》（新竹縣：社教館出版）。

張冬芳、龍瑛宗以及「鹽分地帶的詩人」(臺南佳里一帶),在這些
詩集團活動中,每個都有自己的理想抱負,盼望能為本土臺灣新詩發
展貢獻一點心力。

　　當時的詩作品比較看來,的確頗有以散文的句子入詩的現象,例
如:施文杞所發表的〈假面具〉就是一個很明顯的例子。


　①
　哥哥戴假面具
　跪到我面前
　我見著一笑


　②
　哥哥
　你為什麼要戴假面具
　快些脫起來罷
　使人們得見你的
　「廬山真面目」


　③
　假面具呀
　可惡的假面具呀
　你少些供人戴罷
　帶著善惡使人不曉
　人家於是利用你多少[9]

---

9 　同前註(2),頁1～2。

施文杞這首詩，看起來像是分句並排的散文文字，如果嚴格批評的話，它的確是缺乏所謂的詩味，雖然如此，可在詩的內涵及其隱喻上，則有值得讀者玩味的地方。假面具雖然是一個很簡單的玩具，可是它卻代表或隱含著多重意義，在小孩子的眼光中，它戴上假面具主要是在扮演一種身分來玩耍，以達到遊戲的最高興味，而其意義應該是十分單純與天真的。倘若轉用在成人的世界裡，它又表達或影射著不同的內容了，假面具可能它是自我掩飾的障眼法，甚至是一種明暗之間的狡猾形象，它不再是天真，而是充滿了欺騙與險惡，甚至是居心不良的可惡心理現象了。作者在詩中的文字雖然淺白，可是在隱射或深層的表義上則有他的用心所在，也就是少玩弄這種假面具的伎倆吧。當時在殖民地政治氛圍下的臺灣作家，在寫作上當然是有著複雜的心理感受，甚或是一種潛意識的心理反抗，故而表之於文字之際，這種不滿的氣燄自然就會宣洩出來。

當時在日本高壓統治與同化政策下，那原有的漢文化受到了斷裂與嚴禁，以不同的文化觀念來加以替代或對待時，這些在當時文人心情上，消極來說，他們只有藉寫作或作詩來尋求解脫心緒中的不滿與鬱壘。關於這點，傅錫祺在《櫟社沿革志略》中曾引林朝崧[10]在創設櫟社時的一段文字說：

> 吾學非世用，是為棄材，心若死灰，是為朽木，今夫櫟，不材之木也，吾以為慚焉，其有樂從吾遊者，志吾慚。

---

[10] 林朝崧（1875～1915），字俊堂，號癡仙，又號無悶道人，臺中霧峰人。光緒二十八年（1902）創設櫟社，林氏晚年築「無悶草堂」，以四十一歲之壯年而終，遺著有《無悶草堂詩存》一冊傳世。

由這段文字中便可以瞭解到當時文人在高壓政治環境下的心理情緒，頗有自立旗幟，學非所用，不如招引對志同道合者共組文社，挽回文運，啟振人心，以免棄置有用之材而成朽木，這樣的一種鼓吹呼吁，可謂充滿了高昂的氣勢。所以詩人往往將積存的心緒婉轉地表達在詩文或藝術作品上，而形成了一種社會表徵或生活實象，例如：楊雲萍的〈市場〉。

> 今天來到好幾年沒來過的市場
> 歲月消逝了
> 肉攤沒有肉　魚店沒有魚
> 肅然　衰微了
> 但菜攤上還有蔥白白　胡瓜青青
> 雜貨店裡也有些鹹魚和魚脯
> 「攤仔」賣著並排著的紅龜粿
> 歲月消逝了
> 我買了些紅蘿蔔和青芋
> 懷念著
> 尋不回來的少年的日子[11]

楊雲萍這首題名為〈市場〉的詩並不長，文字也十分淺白，如果和前面施文杞的〈假面具〉相較的話，在詩境上是有所不同的，楊詩在時間上是以回憶方式來處理，表達了種種社會現狀，給人印象深刻，以這樣赤裸的表達文字性格，它就像一幅以寫實手法拍攝下來的圖像一樣，給觀賞者是直接且深邃的。再而當我們在探討日據時期人的作品

---

[11] 林載爵著《臺灣文學兩種精神》（臺南市：市立文化中心出版，1996年），頁253～254。

時有一點不能不注意到當時新文學作家的心理現象，在一九二〇年代前後，臺灣的民族主義的雙重性結構大致上來說已經形成[12]，那時國際局勢相當的複雜，比如第一次世界大戰後美國國內廣泛地提出了所謂弱小民族自決論主張，鄰近的朝鮮發生三一獨立運動以及蘇俄的十月革命，還有最受注意的是大陸內地的五四文化運動等等，這一波波的革命思潮無不直接或間接地影響了島內人民的思想和社會動向。同樣的，臺灣的文化層自然也面臨著不同的改變與轉型，比如民族性與社會性的增強，人民已經意識到個人自尊的必需，臺灣人屬於漢人，對外來統治者的有意矮化及不同待遇等等，這些都喚醒和刺激了原本沉默的社會階層，而其中反應最敏捷和直接的，當然就是這群文藝大作者了。例如賴和在其新詩作品〈覺悟下的犧牲〉、〈流離曲〉、〈生與死〉、〈滅亡〉及〈低氣壓的山頂〉等，在內容上都表達了那些貧困的農民生活以及在殖民地壓制下的被屈辱的無奈情懷。

　　詩是一種精純靈動的語言，它所表述的是詩人在內心或精神世界上的深淺不同的感受，而有些則有意象相近或重疊的現象出現，在探討日據時期詩人作品時，因為他們都屬正在仿創階段，於是有些詩歌的寫作和日本某些名作頗有近似之處[13]，但是站在某一觀點來看，有些則也在表達作者個人的一種心聲，如巫永福的〈誰都不知不覺的時候〉：

　　　像未曾有過也不再發生似的
　　　誰都不知覺的時候　　孤獨的老婆
　　　在床上硬直起來了
　　　依戀不捨的眼睛　　還睜開著……

---

[12] 葉石濤著《展望臺灣文學》（臺北市：九歌出版社，1994年），頁60～61。
[13] 陳明臺著《臺灣文學研究論集》，（臺北市：文史哲出版，1997年），頁52～53。

　　　　沒有連累的孤獨

　　　　也沒有一聲哭泣的某天午后

　　　　用草簾包裹著從後門

　　　　老婆被搬出去埋葬

　　　　那是瞬間發生的事

　　　　誰也不知不覺的時候

　　　　貧窮的人世間的一幕

　　　　像未曾有過也不再發生似的[14]

　　巫永福在這首詩裡表達了一種人世間孤獨淒涼的景象，在詩的語言表達上是那麼的淺顯，讀起來絲毫沒有晦澀的感覺，尤其是詩末那句「像未曾有過也不再發生似的」一句，把前面的孤獨、沒有一聲哭泣、瞬間不知不覺──將「貧窮的人世間」表達得淋漓盡致。

　　由前面的例舉與論析，我們可以瞭解到詩人的工作，最主要的不外是把他平時所感觸到的，或社會國家，民生疾苦等現狀真實地表達出來，如同一位藝術家或思想家一樣。

　　就歷史的角度來看，他們在各個不同的時代階層中都扮演著不同且重要的角色，然就日據時期的詩人們，在當時複雜的環境中努力創作情形，都給人留下了深刻的印象，它不造作，而是真實的，縱然生活平凡，但是心中懸存著的是一盞待亮的燈，這種內在的希冀可說讓當時詩人作家們能夠持續不停地奮鬥下去的無形原動力。

## 三　日據時代的詩型風格

　　據考察看來，臺灣新詩作品的開始發表，係從民國十二

---

14 同前註（11），頁252～253。

（一九二三）年以後，而當時要以謝春木（追風）、施文杞等人為最早[15]，但期間也有詩人以日文創作，換句話說，中日文詩可說同時並起，然就他們的詩型而言，仍屬於以口語表現，文字淺白，例如〈讚美蕃王〉：

> 我讚美你
> 你以你的手，你的力量
> 建立你的王國
> 贏得你的愛人
> 你不剽竊人家功勞
> 我讚美你
> 你不虛偽，不掩飾
> 望你所望的
> 愛你所愛的
> 你不擺架子[16]

作者在詩中表達的文字十分樸實，談不上什麼技巧可言，把讚美蕃王能靠自己的能力掙得所需要的東西，建立自己的王國，坦白直率，毫無貪婪、虛偽，然而作者相反地隱約諷刺了那些偽善，狡詐者的真面目，突顯了「你」的個性。

　　詩除了是一種文學藝術之外，其實應該要有獨特的個性思想，換言之，那就是說它必須要能把視覺角度，以最精鍊的語言加以組織，

---

[15] 陳千武著〈臺灣新詩的演變〉《臺灣新詩論集》（高雄市：春暉出版，1997年）。

[16] 本詩當時作者是以日文寫作，發表在《臺灣》第五年第一號，1924年2月10日，譯文出自羊子喬、陳千武主編《光復前臺灣文學全集九——亂都之悲》（臺北市：遠景出版，1982年）。

而後表現出那多端的姿態，它不在單一的點上開展，應該是一個多面向的綜合體。日據時期的詩作品大部分是在開創期，詩人能夠嚴謹地掌握文字，而把詩意含蓄地表述出來，其實那應該算是相當成功的了。

在當時除了施文杞在《臺灣民報》及《臺灣》等刊物上發表作品外，上有一郎（張我軍）、雲萍（楊雲萍）、楊華（器人）、虛谷、守愚、點人、賴秋等，新詩寫作的風氣可謂興盛，同時分別都展現了不同的詩型風格，其中在表達社會性較強者，例如賴和的〈低氣壓的山頂〉（八卦山）：

> 在這激動了的天空下
> 在這狂飆的迴旋之中
> 只有那人們樹立的碑石
> 兀自崔嵬不動
> 對著這暗黑的周圍
> 放射出矜誇的金的亮光
> 那座是六百九十三人之墓
> 那座是銘刻著美德豐功
>
> 雲又聚得更厚
> 風也吼得更兇
> 自然的震怒來得更甚
> 空間的暗黑變得更濃
> 世界已要破毀
> 人類已要滅亡
> 我不為這破毀哀悼

　　我不為這滅亡悲傷

　　人類的積惡已重
　　自早就該滅亡
　　這冷酷的世界
　　留它還有何用
　　這毀滅一切的狂飆
　　是何等偉大淒壯
　　我獨立在狂飆之中
　　張開喉嚨竭誠頌揚
　　併且為那未來的不可知的
　　人類世界祝福[17]

　　　　（全詩甚長，僅節引片段）

　　賴和的作品有舊詩、新詩和小說等，他在舊文學有很深的底子，在這裡僅摘錄了其白話長詩中的部分，從詩意中可以看出作者以當時的社會為背景，表達了當時人們心中的痛楚，張開喉嚨大聲吶喊，一種說不出的無奈，當然也是作者內心的深層痛苦，讀其詩常給人引來一種震撼，其實在讀賴詩宜從歷史的角度去思考，這樣才能更深入瞭解他所要表達的精髓。

　　又如作者另一首題名為〈流離曲〉的長詩，全詩共三節（一）詩的逃脫、（二）死的奮鬥、（三）生乎？生乎？二四九行，這是一首在日據時期最長的一首社會性寫實詩，氣勢十分磅礡：

---

[17] 同前註（2），頁137～139。

救寒療飢可無慮

死的威脅也已去

為什麼？心緒轉覺不安

為什麼？夜夢反自不寧

一時時妻子的暗泣吞聲

不知不識　那兒子的

　　臨去時依戀之情

這影像顯現得愈是分明

拼盡所有生的能力

忍受一切人世辛苦

　只想找出生之路

也只有借著這肉體上

　極端的困憊疲勞

才會暫忘卻

　剜在精神上的痛楚


曠曠漠漠濁泥砂磧

高低凹凸大小眾石

尋不到前時齊整的阡陌

只見得波衝浪決的痕跡

再無有樹一株草一莖

破壞到這樣田地

看要怎樣來耕怎樣來種[18]

　　　　（僅節錄第二節中的片斷）

---

[18] 同前註（2），頁113～114。

在前面曾提及賴和平時也創作舊詩，傳統詩講究詩韻對仗等，而他在處理新詩寫作時就可以窺察出其在撿詞用語上的匠心，其實賴和寫作這首長詩的主要背景內涵，應該是針對一九二五年起，當時臺灣總督伊澤多喜男，以極廉價將農民辛苦開墾出來的三千八百八十六甲餘的土地，准由三百七十人的退職官員承購，又加上大肚溪一帶的土地被洪水流失，農民無地可耕等情形[19]，賴和以詩人之筆寫下了這場民間對殖民政府的反抗吶喊，措辭不僅尖銳且節奏快速，表達了當時混亂的情景，但在詩的組織結構上都稱得上嚴謹。他的長詩共有四首，〈覺悟下的犧牲〉、〈流離曲〉、〈南國哀歌〉、〈低氣壓的山頂——八卦山〉，而這些長詩內容都與社會歷史事件有著密切的關係。賴和之所以關注社會，而以之作為寫作的體裁，或許他是頗有朝經營社會史詩的意圖發展。

　　就一般來說，一位詩人在其創作的過程中，作者有什麼樣的思想情感，自然會展現出什麼樣的文學作品，而讀者也才能從作品上去體察作者的心理活動，這就是所謂的「觀文者披文以入情感，沿波討源，雖幽必顯」[20]的道理。在當時受到帝國主義政權高壓的文學作家所寫的作品，的確很難說不含有批判或反抗的精神或氣息。

　　閱讀日據時期詩人的作品，其實就像在回覽一幕幕淒苦的歷《史記》事一般，內涵甚為廣泛，其中有苦忍、悲壯、憤怒，甚至控訴，或批判，且詩型也長短不一。

　　例如虛谷的〈草山四首〉：

　　　②
　　　假如雲是個隱者

---

[19] 葉榮鐘著《臺灣民族運史》第九章（自立晚報叢書，1971年）。
[20] 劉勰著《文心雕龍》〈知音篇〉。

水便是個經世家

這雙生兒都是山生出來的

雲儘管在山

水儘管入世

這正是各盡其性

無所謂善惡

無所謂清濁

啊啊

我禮讚雲

我禮讚水

更禮讚山呀


③

像那樣很沉靜不動的群山

也自互相競爭著

你看

它那鬱勃雄渾的氣勢

一峰高似一峰

高到人們看不見的雲霄裡去了[21]


這首詩寫的雖全是自然景物，但寓意卻非常深刻。他以「雲」為隱者，而「水」為經世家，二者都是由山生出來的，各盡其性，無善惡清濁，然山則沉靜不動，互相競爭，有的高到人們看不見的雲層深處，在這裡作者其實是在以自然為自我暗喻，表達了心靈上掙扎、苦忍和矛

---

[21] 同前註（2），頁140～142。

盾的心理糾結，這種以自然景物入詩，所表達個人心理感受的白話隱喻型詩，在當時可說甚為普遍，如楊雲萍的〈菊花〉就是一例：

> 空襲當中
> 我把菊花插在瓶子裡
> 砲聲、爆音　菊花微微地顫動著
> 菊花插在瓶子裡[22]
> 　　　　——甲申十月十九日

這首以極淺白的文字寫菊花，乍看之下，平凡無奇，可是細讀之，短短的四行，淡淡然則有一種悠然與隱忍。

當時除了前面所談及的社會詩及隱喻詩之外，值得一提的是楊華的短詩，而他自己則稱為「小詩」。在日據時期，楊華是屬於一位最專注寫詩的詩人，詩的風格也最完整，至於他的「小詩」寫作內容，有些語氣頗受冰心和印度詩人泰戈爾的影響。然就整個考察看來，楊華的詩作較出色的應該是〈黑潮集〉、〈晨光集〉與〈女工悲曲〉。除此之外，有一點我們必須注意的是，楊華有些詩作中採用了閩南語調或詞彙，例如：青驚、日頭、按怎、親像、一蕊、佳哉、清清去去、譽老等等[23]。當時賴和與楊華可算是比較重要的詩人，一位是以社會為主題，並掌握社會的脈動，在日據時期來說，他是具有濃烈抗議性的代表作家，楊華則偏於婉約，以自然景物、風霜秋雨、黃葉情人，荒草蟲聲等為觸媒，以溫和的方式來表達詩意，例如〈小詩〉：

---

[22] 原詩收在《山河》集中，中文為作者自譯（臺北市：清泉書店，1943 年 11 月）。

[23] 如《心絃集》中第五首中的〈攏總是一樣的美麗〉，第六首中的「魚呀，免青驚喔。」第二六首的「你按怎」，第三一首的「佳哉，一蕊轉美的」，第二九首的「有頭有尾／不管伊是花開也是花謝」，第四三首的「親像譽老這十五夜的月光」等。

①
人們看不見葉底的花
已被一雙蝴蝶先知道了

②
深夜裡的殘荷上的雨點
是遊子的眼淚呵！

③
落花飛到美人鬢上
停一刻又隨著春風去了
落花、美人、春風同是無意中相遇

④
秋天像美人，是無礙他的瘦
秋山像好友，是不嫌他的多

⑤
人們散了後的秋千
閒掛著一輪明月 [24]

在這組詩裡，楊華表達了一種與當時楊雲萍、賴和、守愚或虛谷不同的風格，他的詩以短小為主，在修辭上無不以暗喻、托比方式來表

---

[24] 同前註（2），頁16。

達，同時也可以看出詩人明顯地藉文學形式表達了對當時環境的反
省與批判，「深夜裡——殘荷上的雨點／是遊子的眼淚呵！」雖然如
此，但在他心中還留存著希望——一輪明月。

　　日據時期的白話詩，除了楊華一些抒情性詩外，還有一種所謂民
眾詩[25]，專門觀察庶民生活自身的生存，以現實為寫作主題，這類型
的詩作大部分都展示出了社會階層的真相，在巨大的政治壓力及惡勢
力底下，他們僅能憑薄弱地力量和筆寫下心靈中的絲絲的愁情，自述
往後的命運。

> 走！走！走！
> 趕到紡織工場去，
> 鐵門鎖緊緊，不得入去，
> 纔知受了月光欺。
> 想反去，月又斜西又驚來遲；
> 不返去，早飯未食腹裡空虛；
> 這時候，靜悄悄路上無人來去，
> 　　　　冷清清荒草迷離，
> 　　　　風颼颼冷透四肢，
> 　　　　樹疏疏月影掛在樹枝。
> 等了等鐵門又不開，
> 陣陣霜風較冷冰冰，
> 冷呀！冷呀！
> 凍得伊腳縮手縮，難得支持，
> 等得伊身倦力疲，

---

25 同前註（13），頁5～13。

　　直等到月落，雞啼。

　　　　　（楊華〈女工悲曲〉[26]）

這首詩的內容表述了人生的悲苦處境與命運，尤其每天為了生活，女工們在冷颼颼的寒風中趕路、等待，但是鐵門卻不打開，這無不暗示著一種人們飽受社會欺騙，或壓榨的現象。

　　當我們在讀這類民眾詩時，自然可以看出有些是屬於委婉的，有些則偏於激烈，但是埋藏在內心的，則無不是一種對社會的不滿、控訴，例如吳新榮的〈煙囪〉：

　　但一到附天
　　這白色屋頂下
　　資本家嗤嗤而笑
　　這黑色煙囪上
　　喘出勞動者的嘆息
　　啊　榨出甘甜的甘蔗汁
　　流出腥腥的人間血
　　於是煤煙砂塵染遍了
　　陰慘灰色的平原
　　沉悶了天空
　　終至腐蝕了人們的心胸
　　啊　任何畫家也不能畫出
　　這麼然光景[27]

---

[26] 同前註（2），〈女工悲曲〉《黑潮集》，頁五。
[27] 吳興昌編訂《吳新榮選集》第一集（臺南縣：縣立文化中心，1997年）。

當煙囪有煙冒起，這顯示了工作正在進行，象徵生產活動的一端則是資本家的歡喜，而在另一面則是勞動者的嘆息，點出了階級的對立，是一種強烈的對比，然而生產活動如此，而生產品是如何呢？──「啊！榨出甘甜的甘蔗汁／流出腥腥的人間血！」相較之下，吳新榮的詩，在遣詞用字及批判性上，就要比楊華強烈得多了。

　　就日據時期的新文學作家的作品而言，大部分具有民族主義的雙重性結構（民族性、社會性），尤其是在滿清末年殖民統治初者為然[28]，這點是葉石濤先生在論鍾理和小說〈笠山農場〉裡的社會性矛盾時所提及的看法，可是在詩人作者方面，以我的考察分析後覺得，或許還可以加上另一個因素，就是受到民族文化斷裂後的一種心理轉折，以至於當時的詩作者，例如張我軍、謝春木、楊雲萍、陳虛谷、楊華、吳新榮等人，大都有這種傾向，這種潛存的心理因素，在長久滋衍與沉澱之後，一旦發揮為文字，或藝術成品時，其所表徵的就是一種別具一格的自我特性，從施文杞、謝春木到張我軍、楊雲萍、楊華、賴和等都可以看出彼此間的詩型與性格風貌。

## 四　結語

　　探討日據時期的臺灣文學發展，就其歷史背景而言，的確意見極為複雜，但無可諱言的，我們可以確定一點，那就是這些轉變過程中，我們是在歷史中被割裂、被打擊及撞傷的，而這些激盪，雖然在時間的流洸下，於一般的記憶裡很容易地就被淨化殆盡了，但是當我們在翻讀日據時期詩人的作品時，則可以清楚地發現，他們默默地在作歷史筆錄和見證──一種屬於內心抗訴，或一種無聲的文化表述。在文章的前面我們曾經述及臺灣文學，其實傳統文化應是臺灣文學的

---

[28] 同前註（12），頁60。

內涵根源，比如在一九二一年的「臺灣文化協會」，就是由林獻堂、
蔣渭水、林幻春等人所籌辦，在當時的知識菁英心目中的臺灣文化，
就是維持固有漢族文化的精神，吸收世界進步的新思潮，反抗日本政
府的統治下的所謂文化同化主張，當然在整個內涵上，我們不難看出
文化發展必有其本，經滋長後而向上或上達至最高之境，就當時日據
時期的社會或世界各方思潮的影響下，不論文化界或當時的菁英學者
們的心目中，相信自然會有如同梁啟超先生所說的「世界無窮願無
極，海天遼闊立多時」的精神與氣魄。

文學的發展在當時殖民政府的高壓下，詩人作家的心裡鬱結與不
平，從他們的作品中是很清楚地可以看出來的，其次在性格的矛盾
上，或個人的心理轉折方面，這些複雜的變化，不論深與淺，對一位
文藝工作者而言，也有其關鍵性的影響，從白話詩發展至今，至少有
六十年以上，回覽探索日據時期詩人的作品，細嚼其中點滴，無不喚
醒了我們對臺灣文學更深一層的關心與認識。

# 從鄉愁到現實
## ——略論臺灣現代散文的風格變遷

一

　　現今文壇上，散文的發展可說是極為發達蓬勃的，比如從六十年代開始即有不同的年度散文選集出版，除外，還有一些現代文學大系中也選錄散文專輯出版，例如：民國六十年「正中」版《六十年散文選》二卷、六十一年「巨人」版《中國現代文學大系》散文二卷、六十五年「書評書目」版《中國現代文學選集》第一卷（詩、散文）、同年《聯副二十五年散文選》、六十六年「源成」版《中國當代十大散文家選集》、六十六年「天視」版《當代中國新文學大系》散文二卷等，從這些選錄出版的文章看來，其中有敘寫心情的、描述對大地之愛的，或寫社會面貌等等，類別的涵蓋面相當的博廣，再而就作者群方面也包括了熟悉的老一輩作家和一些文學界的新銳，他們的作品都各具特色，前輩作家的文章風格持重踏實，而新生代則偏向獨立與個人感受或抱負的表述！

　　談論臺灣散文的發展，由於內容較為博廣，而且作家由時代的變化，因此也常常影響了個人寫作思想的變遷！若就文學史的立場來劃分，大致上臺灣文藝發展應該是由西元一九四九年，國民政府遷臺後

開始為第一個發展的新起點，而這一期的作家群，除了原有隨政府來臺的作家外，還包括了一些軍中的新文藝工作者，後來這批作者逐漸形成了一股推展文藝寫作的主流，在這當中包括有新詩、散文、小說以及劇本的創作者，他們的活動面相當的廣，且也影響到各個階層，當然除了軍中作家外，其中還有一些屬於本地的作家，他們多少曾受過的日本教育，所以在文章作品中無形中含存一些日本經驗，比如像江肖梅、葉石濤、詹冰、郭啟賢、龍瑛宗、吳濁流、鍾鐵民、黃得時等，他們平時除了寫詩之外，並且也寫散文或小說，在創作上也相當的多面化，並且出版詩文集或組織文學研究會，相互研磨與匯流，所以對當時臺灣的藝文界來說的確呈現百花爭妍的新風氣！

二

我們知道散文是一種比較特殊的類型文學，它可以是情趣性的小品，也可以是哲理性的短篇文字，同時也可以是屬於人生、社會、書信、序跋、報導或遊記等的記錄，由於它的類型廣泛，所以是比較難將它劃分在某一範疇下來論說。雖然如此，散文的一些特性仍是可以把握的，散文的寫作在結構上雖不拘一格，可是其抒發主觀感受則是決定了作者個人在感情為線索去進行構思的，故感受愈深刻，所表達出來的文字就愈誠摯與感人，就好像李密的〈陳情表〉、林覺民的〈與妻訣別書〉或朱自清的〈背影〉等，這些作品內容都是寫作者個人的親身經歷，表達出來的是內心的深刻情感。

在中國現代作家群中，散文寫得好的實在不少，在五四運動以前，比如：嚴復、梁啟超、章士釗等。五四以後，語體文盛行，以寫散文著稱的則有：胡適、陳獨秀、魯迅、周作人、徐志摩、朱自清、俞平伯、梁實秋、夏丏尊、葉聖陶、謝冰心等，在內容方面或柔婉、

或謹嚴、或勁健、或豪放、或沖淡，頗膾炙人口。至於遷移來臺以後，環境變遷，且在新舊的匯流與傳遞之下，臺灣在三、四十年代時期的散文風貌與的五四時期的寫作風格已漸有轉型的跡象，例如在報刊的方塊或短評性的文字，在內容上已朝傳統文化、社會現象或提出諷刺或批評方面發展，然而這些作品也提供了讀者一個另類想法。除此之外，在這當中還有不少女性作家們，她們在這期間也有相當的貢獻和影響，不論在藝文界或新聞傳播界都有斐然的表現，例如：張秀亞、琦君、徐鍾佩、謝冰瑩、鐘梅音、林海音等，她們在作品內容上展現出一種柔婉清新與優美的風格！

再而談到當時散文主要的題材和內容則多偏於抒發憂思愁緒或懷鄉憶舊之作，比如梁實秋結集出的《雅舍小品》（續集、三集）、或吳魯芹出版的《我的書》、陳香梅出版的《下午茶》以及琦君的《母親那個時代》等，而這些作品內容雖然偏於懷鄉，但是有關生活寫照，或感想仍佔不少，至於散文風格則大致上是沿襲三十年代時的美文特點，親情溫潤，頗受讀者的歡迎！

就客觀性考察看來，這一時期的散文在題材上稍嫌偏於單一，可是從全面而言，仍富相當積極的意義！鄉愁或懷念故鄉之類的散文寫作內容，其實這應該是當時由於政治環境的變遷，而多數遷徙來臺的作者們，因心中所蘊存的那份孤懸在外的思鄉情緒，所以難免就要凝聚而表達出那份思鄉的情懷了！其中尤其像梁實秋先生所寫的〈聽戲〉、〈北平的街道〉、〈北平年景〉、梅濟民寫的〈挖棒槌〉、〈長白山之夏〉、或張曉風的〈愁鄉石〉，或林海音、小民所寫的一些小品文等均是！懷想或思念自己家園的散文作品對任何一位作者來說，其追想過去家園的熟悉環境或山川景物、親朋故舊，這當然是很自然的事情，由於心中沉澱多日的感情，經提升後再以質樸洗鍊的文字表達出來，所以這種精緻的小口散文的確是感人至深。例如：梁實秋的

〈北平的街道〉：

　　北平沒有逛街之一說。一般來說，街上沒有什麼可逛的。一般
的鋪子沒有窗櫥，因爲殷實的商家都講究「良賈深藏若虛」，
好東西不能擺在外面，而且買東西都講究到一定的地方去，用
不著在街上浪蕩。要散步麼，到公園北海太廟景山去。如果在
路上閒逛，當心車撞，當心泥塘，當心踩一腳屎！要消磨時間
麼，上下三六九等，各有去處，在街上溜饞腿最不是辦法。當
然，北平也有北平的市景，閒來無事偶然到街頭看看，熱鬧之
中帶著閒也滿有趣。有購書癖的人，到琉璃廠，從廠東門到廠
西門可以消磨整個半天，單是那些匾額招牌就夠欣賞許久，一
家書鋪挨著一家書鋪，掌櫃的肅客進入後櫃，翻看各種圖書版
本，那真是一種享受。

又如張秀亞的〈雪·紫丁香〉：

　　有一次，正值雪後，天已晴霽，空氣像是水晶般的透明，沒有
霧靄，我和一個同學自學校的後門走了出來，走過那道積雪未
的木橋，向古城中的前門走去，將整個的一上午，全度在那個
古色古香，猶保持著我們東方情調的打磨廠——那是古城一些
老站鋪聚集開設的地方，我們欣賞了不少站鋪的招牌，尤其美
得悅目的是那一家排掛在門外的，猶存古風的褪色酒旗，那深
杏色的布招子上，還綴幾點細碎欲溶的雪花，在風中輕輕的飄
揚，看到它，我們似乎讀到了一首唐人的小詩。

又如琦君的〈下雨天，真好〉：

> 杭州的西子湖，風雨陰晴，風光不同，然我總喜歡在雨中徘徊
> 湖畔，從平湖月穿林蔭道走向孤山，打著傘慢慢散步，心沈靜
> 得像進入神仙世界。這位宋朝的進士林和靖，妻梅子鶴，終老
> 是鄉，范仲淹曾讚美他「片心高興月徘徊，豈爲千鍾下釣臺，
> 猶笑白雲多自在，等閒因雨出山來」，想見這位大文豪和林處
> 士徜徉林泉之間，留連忘返的情趣。

又如陳香梅的〈下午茶〉：

> 在桂林的時候，我有許多機會遊山玩水，七星巖、象鼻山、水
> 龍洞、漓江……等地都常去。桂林人有句諺語說「桂林山水甲
> 天下，陽朔山水甲桂林。」因此廣西人對於他們的山水是相當自
> 豪的。陽朔爲廣西大學之所在，是以風景幽美著稱的，我曾去
> 過，不過，在我看來，桂林那個小城市的風物已夠引人入勝了。

在以上所列引各家的作品文字比較看來，我們很清楚地可以看出，其
在文字內容上多屬敘述故鄉景物或對故園的懷想，並且在修辭遣字上
非常嚴謹，文意內涵極富情韻，總的來說，這段期間的散文作品都常
被思鄉與懷念故園的情緒所貫穿綴繫著！從四十年代一直到五十年代
末期，可以說仍然是以這種散文風格爲主流！

三

　　臺灣散文的發展若從文風內容的不同上來考慮的話，我們或許可

以這樣說，從六十年代開始，由於受到歐美現代思潮的影響，所以在這段時間的寫作題材內容受到了影響而有所改變。年輕一輩的作者們從接受外來的新觀念到涵泳前輩作家的經驗啟示而蛻變，所以在寫作上展現了另一種嶄新的風格！其中如：吳宏一、王尚義、許達然、劉靜娟、白辛、蔣芸、逯耀東、余光中、張菱舟、楊牧（葉珊）、呂大明、黑野、思果等，作品內容多樣，取材較前輩作家們來得深入與廣闊，而且已脫離了懷想故鄉或已淡去了鄉愁的影子，轉而朝向自我的省察，或注重現實主義精神，當然其中也有不少歌頌大自然，或鄉村特寫，或閒情等！

　　他們在散文的寫作上可說突破了前輩作家的攝取題材、思想與技巧手法，其次在文字的表達上也不再是過去的文白夾雜現象；甚至有些作者在作品修飾上穿插了新詩的意境、布局與技巧，不侷限在某個點上，而以跳躍式的手法來處理整個結構，且頗有朝向藝術美學的方向發展，給人十分清新的感覺，例如：許達然的〈谷〉：

　　　　看著谷裡自己的影子，感到找著了自己，或從葉隙看破碎的月亮默思，或看著那些朦朧的石頭幻想，如谷是天空，那些石頭就是不飄的雲。那些石頭像古代神話裡天神的淚珠，落下後便凝結，如谷是流星的葬場，我要夜夜來此看流星，我說得他們都笑了，好像我在夢囈，然後，我們又沉默。

又如：吳宏一的〈笛聲〉

　　　　一朵花開了，另一朵花接著謝了，秋風乍起，花葉紛飛，飄舞在梧桐院落裡，雕龍的簷下，有鸚鵡在叫著：「秋風起了。秋風起了。」

又如余光中的〈望鄉的牧神〉：

> 那年的秋季，顯得特別長，草，在漸漸寒冷的天氣裡，久久不
> 枯，空氣又乾，又爽，又脆。站在下風的地方，可以嗅出樹
> 葉，滿林子樹葉散播的死訊，以及整個中西部成熟後的體香，
> 中西部的秋季，是一場彌月不熄的野火，從淺黃到血紅到暗赭
> 到鬱沉沉的濃栗，從愛奧華一直燒到俄亥俄，夜以繼日日以繼
> 夜地維持好幾十郡的燦爛，雲羅張在特潔淨的藍虛藍無上，白
> 得特別惹眼，誰要用剪刀去剪，一定裝滿好幾籮筐。

又如：楊牧（葉珊）的〈綠湖的風暴〉：

> 讓我靜下來俯視自己，離開了無名的綠色湖泊，離開了照亮自
> 己的心靈的水涯，拾野菜的日子，摘橄欖的日子，捕麻雀的日
> 子，漫天的蜻蜓在荊棘林上飛旋，果園、酒店、宗祠——我看
> 見那村莊，線裝書裡的村莊，陸游的村莊，我坐在菊花畦前，
> 彷彿看那索然探頭的就是沉疒對癒的你。

在臺灣的文壇上在不少是詩人又兼散文作家的，我們在前面所舉的幾
則例文就是出自他們的筆下，他們在文學上特別注重節奏、講究意
象，同時還可以發現詩人筆下的散文作品往往會將文句誇飾鋪展，或
用短句表現出一種靈動的想像力，讀來舒緩有節奏，意象豐富，十分
引人入勝，然而這或許就是在純散文作者與詩散文作品之間最大不同
的地方吧！
　　一種文學的產生，就一般來說都有它的社會根源，當然這當中包

括了政治、經濟、思想、教育、血統等因素的複雜體，但是社會演變
的背景則應該是文學本身發展的必然性。而臺灣散文的發展與變化，
其實也不能說完全沒有這種現象，可是我們知道文學創作要有高標的
理想與企求，這樣才能創造出優秀的作品，要有各自不同的理念堅持
才會展現多樣性與蓬勃的氣象；當社會日漸開放，觀念也隨之轉變，
於是有些比較注重現實主義的作者開始提出對散文創作的見解與反
思，比如許達然在《中外文學》月刊就發表了〈感到、趕到、敢到
——談我們的散文〉的論文提到說：

> 臺灣散文雖然擺脫了傳統散文的文言表達形式，卻又落入了傳
> 統散文的抒情韻致裡，傷感、頹廢、唯美和纖巧一直生意興
> 隆……

許達然的這段文字，其主要在表達他對臺灣散文在內容上的一些見
解，文字上的文白夾雜，偏重於抒情性，而對於「我」方面的表達太
過於普遍，其實應該回過頭來寫自己的生存環境，也就是所謂的人
間，包括「我們」和「他們」這方面的內容才最為必要！這些理念和
想法，在他的〈土〉、〈水邊〉、〈吐〉、〈人行道〉及〈東門城下〉等
散文作品中均可清楚地看出來！

臺灣的現代散文從進入八十年代以後，在題材內容上不斷地朝多
元攝取，改變形式，其中則要以社會寫實最為明顯，這類型的作品內
容上都十分堅實，猶如泥土一般，離不開我們的雙腳，它不再是夢
幻，而是每一個人所需要面對的事實！由於大家意識到人與社會關係
的重要，如果作者只作個人的吶喊不去關懷人群或社會關係的話，這
樣那是無助於全體的茁壯的！當然散文內容題材的改變與多元，這無
形地也充實了寫作的內涵，普遍地關注到一般的民生或周遭的生活，

這樣的一種文學作品或許更能表達它的功能與全面性。例如：許達然的〈榕樹與公路〉：

> 榕樹更寂寞了，忍得住寂寞的也受得了殘酷，有輛轎車曾貿然駛來撞，車翻人死，它仍挺著粗壯的身體站著，然而外人卻不讓它生存。聽說計劃築路，榕樹擋路要砍除，我們就都趕回到它身邊，長輩們仍商討著如何挽救！大家不反對築路，但堅持保存榕樹。它不像臺北街上那些被剪裁的年輕榕樹可隨便移植，它的根已深入泥土。我們的泥土已是榕樹的故鄉，故鄉的榕樹比居民還執著。居民為了生活，很多已遷移，回來共同認識的只有榕樹。榕樹沒被附近工廠的二氧化硫醺死，竟計劃要除掉，該除的不除，不該掉的卻要掉，大家很憤慨。

從這段文字中便可以清楚地看到許氏的散文在遣詞風格上與前輩作們在文字運上已有迥然不同之處！這時期的散文多偏向關注社會問題，且兼含某種程度的諷刺與批判色彩。許氏之外，如郭楓的《有這樣一座城》，其在內容上批評了社會一般拜金的信仰，追逐迷狂與缺失等方面的感嘆！再如洪素麗的《多多鳥傳奇》、《海岸線》，或阿盛的《急水溪事件》等都對社會現象觀察得深入透徹，文筆犀利，揭露社會陰暗的一面以及一些在工商發達後人性畸形的變質情形！

## 四

當臺灣的現代散文發展到九十年代前後，它雖然承前現實主義發展而來，但是由於大環境的日漸變化，民眾價值觀與心理認知的不同，藝術觀點的不斷提升，因而對文學也有了不同的渴望與需求，故

而我們在這段時間所看到在報紙副刊、藝文雜誌中選錄刊登的散文作品已偏向於精簡短篇為主，甚至出現時論性專欄或趣味小品之類的，其次作者的行文風格已不同早期如文壽、孫如陵、彭歌或何凡等人那樣的雅緻含蓄、靈巧明暢，相反地，這期的散文類型是求銳利獨到，並夾族群意識等方面的個人觀點批判，缺少整體關與圓融性；其次是由於經濟文化轉型，生活理想自由化，在這樣的一種社會情形下，人們每天要面對的是突如其來的生活刺激與挑戰，於是在心理上已大大地超越了原來舊有不變的模式，所以在心理上就難免要產生一種心緒的不安現象，為了抒解這種無形的心理壓抑，唯一的只好追求超脫，然而要走向超脫，無形中就想到宗教，宗教講精神領域的安寧、心理的淨化，於是一種宗教內涵的文學作品就受到了歡迎而流行起來了！例如：林清玄、席慕蓉、簡媜、李黎、吳鳴、粟耘等，而其中林清玄可說是文筆雄健、產量驚人，讀其文給人的感覺是文字自然親切，且表達出一種至善的圓融思想觀，例如在〈佛鼓〉一文中寫聽鼓的心情，他說：

> 我站在通往大悲殿的臺階上看那小小的身影擊鼓，不禁痴了。
> 那鼓，密時如雨，不能穿指；緩時如波濤，洶湧不絕，猛時如海嘯，標高數丈；輕時若微風，撫面輕柔；它急切的時候，好像聲聲喚著迷路歸家的母親的喊聲；它優雅的時候，自在的一如天空飄過的澄明的雲，可以飛到世界最遠的地方……
> 那是人間的鼓聲，但好像不是人間，是來自天上或來自地心，或者來自更邈遠之處。

讀完這段文字後給人的感覺是一種清新雅淡，猶如輕飲一杯潔淨的涼水，那樣的舒爽與暢然！

　　臺灣的現代散文發展到八、九十年代，大體上來說來已經改變了過去題材劃一，內容偏重於家鄉景物的思念，而朝向社會寫實、田園景觀、生態環境、心靈淨化、生活藝術等各大方向發展，而近年來也都有優秀的作品結集出版，例如：席慕蓉的《寫給幸福》、《心靈的探索》、《成長的痕跡》；簡媜的《只緣身在此山中》、《月娘照眠床》；林清玄的《大悲與大愛》、《溫一壺月光下酒》、《紫色菩提》、《鳳眼菩提》、《清涼菩提》、《星光菩提》及劉克襄的《旅次札記》等，以上所列舉的是大家較熟悉的一部分，由此便可見這段期間散文作品出版的蓬勃景象！

　　綜觀臺灣的現代散文發展，我們約略可分作早期（三、四十年代）的散文，內容風格偏向鄉愁型，其次（五、六十年代）受歐美思潮的影響，風格開始轉型，再其次（七、八十年代）受現實主義之影響以及環境改變，寫作風格也隨之不變。當到了九十年代則本土意識高漲，社會風氣趨向開放，大環境轉型，追求生活品質，藝文風格轉向多元化一個時代又一個時代的文學特色與風貌，同樣的，文學藝術的產生以及題材內容的取捨，其實這些跟整個社會環境和群眾所需是有著極密切關係的！雖然作者可以堅持自我的風格，但是在整個風氣的吹拂之下，又免不了受到或深或淺的影響！臺灣的現代散文作家經過數十年的努力與耕耘，其成績是有目共睹的，但是從過去老一輩的寫作風格到現今新銳們的文章取材與內涵，又不能說完全相同一致，而這種推陳出新當然是好現象，但如果偏離了我固有倫理或思想精神，只圖型式上的改變或執意偏狹的意識觀念，那就不得不要自我省察一番了！

# 多元與活潑
## ──新詩的表現美

　　現代文學的產生，主要是發端於「五四」新文學運動和當時文學革命，當時由於知識份子們的覺醒，而對國內封建蒙昧主義及專制主義的不滿，所以提出了所謂科學、民主和社會主義的口號，並反對文言文，主張以白話文來寫作，其中並大量地翻譯外國文學名著，把國外的文學內容與寫作技巧介紹到國內來，開啟了大家的認識，其次加上當時年輕作家們的積極努力創作，鼓吹新觀念與理想，掙開了舊有的束縛，於是一種自由開放的風氣就這樣瀰漫開來。

　　由於寫作範圍寬廣，於是有關寫作的內容，表達方式也就自然多樣，不拘限於某個點或範圍上了，比如說談到我國的現代文學中的詩歌或散文方面，不論是語言的表現、節奏的調協、意象的捕捉、內涵的深邃、寫法的靈活；或構思的新穎等，這些都可說是一種所謂的文章藝術，這種藝術，它來自作者個人的才慧，文化素養，或生活經驗，最後經昇華提煉而表達出來的，而它應該就是一種高尚（自內而外）的藝術作品表現。

　　然而這種藝術的表現，它不僅是屬於多樣性，且是充滿了天真與活潑，就如同一首和諧的樂章似的，讀後讓人往往在心中洋溢著柔和暢舒的感受！有關新詩的特色，以下就讓我們來一一介紹吧！

## 一　內容意象的調和

　　一篇感人至深的作品，它是不能沒有感情的，而一位作家首先他必須要有濃烈的感情，才能完成他的理想或文學作品，這點在古今中外的詩文作品中，我們都可以看得到。一位作者如果感情不夠真摯，那麼他所表達出來的文字，就會顯得虛浮不實，再而既然有了濃厚的感情，而想要將它表達出來，那麼文字應該是最直接的媒介了。在文字媒介的過程中，則須經過個人意象的經營，這樣最後才能達到自己所想要創造的作品，而這作品所代表的就是作者個人的內涵與特色，關於這點，就現代詩作者們，他們到底是怎麼樣地表現這種意象與內涵、技巧和特色呢？首先我們來看看童山的〈新竹枝詞〉：

（一）

「山桃花，紅灼灼，
　鄰家出嫁你也哭。」合士合士合
「酸棗樹，葉多多，
　晴天開花不結果。」合士合士合

「蕭蕭的相思樹結紅豆，
　風來過，雨也來過。」合士合士合
「扁豆花開兩頭都結果，
　你有空就到山下來看我。」合士合士合

（二）

「我趕牛到河裡去沐浴，

見了我為什麼還閃躲？」合士合士合
「你不怕鄰居的小姑嘴薄，
編造歌兒當故事來傳說。」合士合士合

「天外堆著些晚霞似火，
明兒天晴你要入山去放牧。」合士合士合
「記住我在橋上趕牛過河，
你把籃兒提來一道兒去採芒果。」合士合士合

這是一首十分美的新竹枝詞，作者的白話文字來寫作，每句均有押韻，又有和聲，把全首詩貫連起來，最重要的是作者融入了巴、渝之間的鄉土民歌特色，仿照民間情歌的調子，用男女贈答的方式來表達彼此間的心想，舒暢的文字，和諧的節奏，鮮明的意象及情趣的內涵，作者調和了古典與現代的表現技巧，的確讓人讀後有一種清新的美感。又如詩人洛夫的〈床前明月光〉：

不是霜啊
而鄉愁竟在我們的血肉中旋成年輪
在千百次的
月落處
只要一壺金門高粱
一小碟豆子
李白便把自己橫在水上
讓心事
從此渡去

　　這首詩主要是在表達作者對故國家園思念的情緒，為了要把這種思鄉的愁緒揮去，詩人便藉李白望月思鄉及投水的典故來自我嘲諷一番。所以在本詩的第一段就寫到：「而鄉愁竟在我們的血肉中旋成年輪／在千百次的／月落處」，當然這是作者在表示時間流逝的迅速，年年的加深，望月所引來的思緒是那樣的起伏與激烈，唉！不如借酒澆愁吧！這首詩的意象和構思不難看出是由古典詩中得到啟示，再加上詩人自己的構築與調和而寫成，這種古今融會創作的手法，的確是可以顯托出文學內涵另一層的表現美。

　　另外再讓我們來看看詩人羅青的〈床前的月亮〉：

　　　　月亮臥在窗前看我，看出神發呆的我
　　　　我臥在床前看他，看隱忍受苦的他
　　　　不談不談，不彈琴棋詩畫
　　　　不語不語，不與菸酒牌茶
　　　　我們彼此拜訪彼此關切
　　　　相憐相依相解相溶之情
　　　　絕非星期日曆，所能想像

　　　　我明白月亮時時想棄職變位的悲苦
　　　　他也瞭解我常常要變位棄職的苦悲
　　　　平平淡淡交往的我們，平淡得
　　　　如空氣和光線一般，既非空前亦非絕後
　　　　我知道這不是我，第一次看月亮
　　　　月亮也知道這不是他，最後一次看我
　　　　我不知道誰是，第一個看月亮的人
　　　　月亮也不知道誰是，他看到的

最後，一人

詩人羅青的這首詩也跟月亮有關，作者由望月而引出一些思考與推想，在詩作中作者運用了排比和重疊式的修辭技巧，比如：「不談不談／不彈琴棋詩畫／不語不語／不與菸酒牌茶」，又「我明白月亮時時想棄職變位的悲苦／他也瞭解我常常要變位棄職的苦悲」，這樣的句型結構，可以增添詩中韻律的和諧；其次是作者在第二段有：「我知道這不是我，第一次看月亮／月亮也知道這不是他，最後一次看我／我不知道誰是，第一個看月亮的人／月亮也不知道誰是，他看到的／最後，一人」，這裡的意象內涵應該是從李白的〈把酒問月〉一詩中的「今人不見古時月，今月曾經照古人，古人今人若流水，共看明月皆如此」脫胎轉化而來，當然古人的意象被作者的融攝後，而構創出了這樣一首頗具意境的作品。

其次我們再舉一首覃子豪的作品〈室內〉：

我封鎖自己於室中，而夢不休止
夢是一株繁開的忍冬花
當巴黎聖母院的鐘音驚落東方的一葉菩提
忍冬花的種子被南風
吹向法蘭西肥沃的海岸
有懷鄉病的浪子常在咖啡室中獨坐
坐一個有虹的早晨，坐一個無星的夜晚
且讚美不羈之流謫
而我坐於夢幻的室內
我的戀人踏著小步舞曲來了
她來自佛羅稜斯

　　　　她的裙上跳動著彩色的音符

　　　　從現代的畫廊引我至柏拉圖的城市

　　　　她不來時，我常常憂愁

　　　這首是覃子豪（一九一二～一九六三）的作品，他從大陸來臺後，便一直任公職，在餘暇時常寫詩創作，一九五四年與余光中等人創辦《藍星詩刊》，及出版《藍星詩周刊》，對臺灣新詩文學的推動有極大的貢獻！

　　　在這首詩作者是以象徵的手法來表達其孤獨、懷鄉及戀情等複雜的心緒，比如第二段的「有懷鄉病的浪子常在咖啡室中獨坐／坐一個有虹的早晨，坐一個無星的夜晚」，從有虹的早晨坐到無星的夜晚，可見忍受寂寞時間的久長。

　　　其次作者融會了東西方的意象於詩中，如「當巴黎聖母院的鐘音驚落東方的一葉菩提／忍冬花的種子被南風／吹向法蘭西肥沃的海岸」，又如「她來自佛羅稜斯／她的裙上跳動著彩色的音符／從現代的畫廊引我至柏拉圖的城市」，這些詩句中都表達了不少西方的意象和象徵意義，其實他對戀人是無限的思念，但是那跳動的彩色音符並不常出現，所以那秋緒還是無形的！

　　　從前面所例舉的詩作品分析來看，我們可以肯定地說在面向自由與多元化的未來，一篇文學作品，它已不能只有單面的取材了，在內涵或在表達的技巧上都須兼取中外文化融合而成，如果能夠這樣，那麼其作品在內涵意象上，一定是清新可讀，深邃傳神！

## 二　不拘一格的形式

　　　由於每位作者的經歷、生活、立意、構思及表達技巧的不同，所

以在作品的風格特色上，也就高低有別，然而就現代詩方面而言，我們知道詩歌的語言最為純粹，講究意象、意境、音樂性、文字修辭等的表達技巧，如果沒掌握好這些技巧，即使有美好的意境，最後寫出來的也不一定是一篇成功的作品。以下就讓我們例舉一些風格較特出的作品來看看吧！例如：白萩的〈流浪者〉

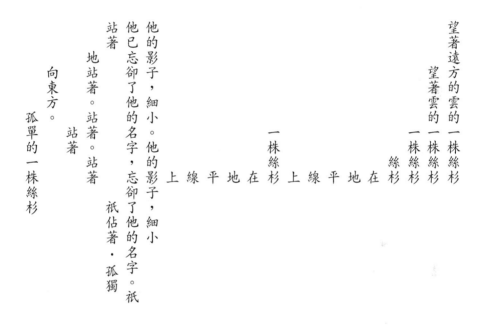

從詩的文字組織排列上，就可以很快地瞭解到作者是在自比為一株杉樹，孤獨無依的流浪意象躍然紙上，然而其中最為吸引人的地方是它的繪畫性，一個浪人和一株絲杉的對比，充分地表現出了由文字的排列而更突顯出流浪者的孤獨感。

又詹冰的〈雨〉一詩：

雨雨雨雨雨雨……
星星們流的淚珠麼。

雨雨雨雨雨雨……

雨雨雨雨雨雨……
花兒們沒有帶雨傘。
雨雨雨雨雨雨……

雨雨雨雨雨雨……
我的詩心也淋濕了。
雨雨雨雨雨雨……

這是詹冰所寫的一首屬於描繪雨天繪畫詩，從詩的組織上就可以看出，它所表現的意象十分顯明，而且是動態的，第一段「星星們流的淚珠麼」中，表示了一種稚趣的提問，第二段「花兒們沒有帶雨傘」，進而周遭事物的關懷，最後「我的詩心也淋濕了」一句，其實這是通過不同的意象之後，而回轉到自己的心象表述。

前面所舉的兩首詩作品，作者都十分注意詩的意象和經營和視覺形象的創造。在白萩的詩作中偶有以圖像來表達的，而詹冰在形式的追求上則更為重視，所以在臺灣的詩人中，以圖像的方式來表現也就成了他的代表特色。再說這兩首圖像詩，前一首在意象上是強烈地表達了一種孤獨之感，後一首則主要表示在下雨的情況下，心中所產生的心想，以及不同意象的呈現。

詩人的思維是不停的，不論是觀察力和感受力都特別的深入敏銳，接著下來就讓我們來看看辛鬱的〈豹〉：

一匹
豹　在曠野之極

蹲著
不知爲什麼
許多花　香
許多樹　綠
蒼穹開放
涵容一切

這曾嘯過
　掠食過的
豹　不知什麼是香著的花
或是綠著的樹

不知爲什麼的
蹲著　一匹豹

　　　蒼穹默默
　　　花樹寂寂

曠野
消失

這首詩和前面所舉的圖像詩又大不相同，〈豹〉這首詩可說是詩人辛鬱的名作。作者把自己比作豹，這首詩在用字修辭上都相當的凝鍊，全首詩的組織給人有一種緊密的張力感，再而作者在這當中也表達了一種內涵的象徵，以那隻蹲在曠野之極的豹，雖然速度快捷，天性剛烈、強悍，但是在現實世界中則默默寂寂毫無作為，當然這也是作者

藉此以探索自己生命的奧秘的地方。

以下我們再來看看「創世紀」的成員，商禽所寫的〈長頸鹿〉，風格十分特出，它是一首在詩壇上傳唱不息的傑作。

那個年青的獄卒發覺囚犯們每次體格檢查時身長的逐月增加都是在脖子之後，他報告典獄長說：「長官，窗子太高了！」而他得到回答卻是：「不，他們瞻望歲月。」

仁慈的青年獄卒，不識歲月的容顏，不知歲月的籍貫，不明歲月的行蹤；乃夜夜往動物園中，到長頸鹿欄下，去逡巡，去守候。

商禽的這首〈長頸鹿〉和前面所舉的幾首詩的表現方式有顯著的不同，它不分行，只有兩小段，還加上對話，所以十分特殊。這種特殊的結構，在一般上都稱它為散文詩，然而，我們在細讀這首詩時，可以感受到其中隱含著題外之意，囚牢中的囚犯是多麼地渴望自由，企盼看到外面的世界，所以作者以長頸鹿來象徵他們拉長頸脖「瞻望歲月」的企盼，同時在內涵上也具有強烈的社會現實感及反諷的意味。

在古典文學中，詩的寫作都有一定的格式和規矩，如果不按照這些規矩，即使寫出來，並不能算是一首合乎詩律的詩作，但是到了白話文或現代詩流行的時代，表達的方式和技巧多元化，作者已不拘一格，而可隨自己的喜歡創作了，雖然如此，但是我們還是必須汲取古典文學中的優點加以融會，這樣才能創造出更具特色和內涵的作品。

## 三　自然與活潑

文學的表達方式是各有不同的，由此才能呈現出各種不同的文學

類型，在這裡我們要討論的是有關文學中的活潑與自然。其實文學本來就是一種心靈、感情的表述，文人常會在某種境遇中，感物吟志、抒發心中所感，不論是喜、怒、哀、樂，當它訴諸文字時，這些都可說是一種人間可愛的文學藝術。

首先我們例舉冰心的〈紙船寄母親〉來看看：

我從不肯妄棄一張紙，
總是留著——留著，
疊成一隻一隻小的船兒，
在舟上拋下在海裡。

有的被天風吹到舟中的窗裡，
　有的被海浪打溼，沾在船頭上。
我仍是不灰心的每天的疊著，
　總希望有一隻能流到我要他到的地方去。

母親，倘若你夢中看見一隻很小的白船兒，
　不要驚訝他無端入夢。
這是你至愛的女兒含著淚疊的，
　萬水千山，求他載著她的愛和悲哀歸去。

這是冰心（一九〇〇～一九九九）女士的作品，題名為〈紙船〉，當時她寫作這首詩時，剛好準備乘船赴美的途中，在經過日本神戶，並順道遊覽了橫濱，這時作者在遠離家園，心中不免自然泛起了思念故鄉或家人的情緒，這對一位初次遠行的人來說，尤其強烈，如詩中「有的被天風吹到舟中的窗裡，／有的被海浪打溼，沾在船頭

上。／我仍是不灰心的每天的疊著，／總希望有一隻能流到我要他到的地方去。」這裡作者流露出的是自然思情之情，詩中的小船就代表作者的細膩的心思，由於思念不斷，她也就不灰心地每天疊著，疊著小船，其實也就是在疊著心中之情，而在〈紙船〉中的紙船也鮮明地表示出了一種纖細且起伏掛念的流動意象，表達得十分貼切自然。

又如楊喚寫的〈家〉：

　　　　樹葉是小毛蟲的搖籃，

　　　　花朵是蝴蝶的眠床，

　　　　歌唱的鳥兒誰都有一個舒適的巢，

　　　　辛勤的螞蟻和蜜蜂都住著漂亮的大宿舍。

　　　　螃蟹和小魚的家在藍色的小河裡，

　　　　綠色無際的原野是蚱蜢和蜻蜓的家園。

　　　　可憐的風沒有家，

　　　　跑東跑西也找不到一個地方休息，

　　　　漂流的雲沒有家，

　　　　天一陰就急得不住地流眼淚。

　　　　小弟弟和小妹妹最幸福哪！

　　　　生下來就有了媽媽爸爸給準備好了的家，

　　　　在家裡安安穩穩地長大。

楊喚（一九三○～一九五四），是一位「天才」詩人，我們在讀他的作品時，可以感受到一種自然、天真的氣息，這種自然流暢，又不著痕跡的表達藝術，展現出了詩人高度的才思與智慧，前面所舉〈家〉這首作品就是一個很清楚的例子。

又如綠原的作品〈小時候〉：

小時候
我不認識字
媽媽就是圖書館

我讀著媽媽──

有一天
這世界太平了
人會飛……
小麥從雪地裡出來……
錢都沒有用……

金子用來做房屋的磚
鈔票用來糊紙鳶
銀幣用來飄水紋……

我要做一個流浪的少年
帶著一只鍍金的蘋果
一只銀髮的蠟燭
和一隻從埃及國飛來的紅鶴
旅行童話
去向糖果城的公主求婚……

但是
媽媽說

現在你必須工作。

詩人綠原，原名劉仁甫（一九二二～？），他是「七月派」的成員之
一，他的詩作品風格和楊喚的很接近，都是屬於一種自然、童趣的特
色，讀他們的作品猶如進入到一個美麗、可愛、又活潑的童話世界
一樣。比如像這首〈小時候〉，開始是寫幼年時作者從母親那裡瞭解
世界，「我不認識字／媽媽就是圖書館」，接著於是展開了想像的翅
膀，「一個流浪的少年」、「一只鍍金的蘋果」、「一只銀髮的蠟燭」、
「一隻從埃及國飛來的紅鶴」、「去向糖果城的公主求婚……」等，一
連串的幻想美麗世界，當到了詩的末尾部分，詩人文筆一轉，「媽媽
說／現在你必須工作」，回到了現實，「小時候」的幻想結束，詩人
也只好朝向多艱的現實人生走去。

　　詩是一種表達心靈、感情和作者心想的語言，在〈詩大序〉中就
有這樣的一段文字說：「詩者，志之所之也，在心為志，發言為詩，
情動於中而形於言，言之不足，故嗟嘆之，嗟嘆之不足，故詠歌之，
詠歌之不足，不知手之舞之，足之蹈之也。」這段文字，大致把詩的
內涵意義表達了出來。但是新詩與舊詩則稍有不同，它是用白話文字
來表達的，其所重視的是間接的表現，也就是所謂的「想像」，然而
詩又不僅是「想像」而已，我們知道「想像」必須藉音樂的語言，才
能表現成詩，除了還要有弦外之音，言外之意，這樣才耐人尋味，才
讓人在鑑賞時感受到詩的意涵深邃，境界高遠！

　　從前面所介紹及分析的詩作品看來，詩人的想像是靈動的，觀察
是敏銳的，詩心是純美的，所以展現在文字上的自然就充滿了活潑、
天真的氣息了。

# 前衛實驗與體式多元
## ──評《詩的人間》

　　臺灣的現代詩從五十年代開始發展到今天，不論在內涵、表達技巧，或形式等方面都有了極大的變遷；這些變化自然有它的客觀因素存在，比如在五十年代，新詩的格式或文字表達都偏於保守，然自臺灣在社會、經濟及資訊日益發達後，一些詩人平時由於受到西方思潮的影響，於是在個人的寫作方面也開始有了突破，其次是加上一些擁有留學經驗者以及經常往來海外教學或研究的新世代詩人，互相交換與接觸，無形中也擴展了詩人原有的詩觀及創作風格，由前面的客觀因素，他們在詩作的內涵意識形態方面很自然的就超越了前代詩人的寫作體式及範疇！然這些變遷過程和軌跡，我們都可以從歷年詩選集，或個人的自選集中考察比較出來：

　　最近讀到《詩的人間》，西元一九九八～一九九九年度詩集，它是由一批學院詩人群，他們自己輯選了個人的詩作合集出版，但這本年度詩選集和其他年度詩選集的性質有很大的不同，作者大部分都在大學裡任教，專門教授文學創作，他們在教學之餘也自己創作，而其中所選的作品，我想應該是自認為滿意的作品；首先讓我們來看看主編在序言中說：「本年度同仁的詩作呈現兩個朝向，那就是前衛的實驗性與系列性」，在這裡很明顯地意示著編者的目的，頗有試圖打破一直被一般人所視為「學院詩人」是保守刻板，獨來孤往，不知民間

疾苦的一群文化人形象。

　　然在這本《詩的人間》裡的詩作中共收錄了十一位詩人的作品，他們包括古添洪、白靈、江文瑜、向陽、汪啟疆、林建隆、陳慧樺、游喚、簡政珍及蕭蕭等，收錄在這裡的作品應該都是屬於近作，可是在詩的類型來看則頗為廣泛多元，其中有散文詩、長詩，而短詩是佔最大的比例，雖然如此，但就整體而觀，選集中的詩作或許約略可分為自然生態、社會都市、飲食男女、海洋生活、旅遊記事五類型，在這五類型當中，如果嚴加劃分的話，其中江文瑜的飲食男女系列份量最多，其次是古添洪的自然生態方面的作品，再而就是陳慧樺、游喚的旅遊記事了。就一般來說，編者在選輯作品時一定要注意全書的平衡性，再而就是主題的確立，否則就會淪為蕪雜的現象！

　　首先就讓我們來看古添洪先生以大地自然主軸的系列詩草作品，（Eugene詩草之一）中第二首〈賦名〉：

> 大塊彷彿依舊
> 自然的品類彷彿
> 仍深藏自身的渾沌中
> 我平凡地看到
> 　　　　草綠
> 　　　　林深
> 　　　　水清
> 　　　　山默
> 只有考古學獨賣殷勤
> 把荒煙野草挖成許多羊腸小徑

又，如〈藍樂鳥〉（Eugene詩草之一，第六首）：

一首純生態的鳥詩

吱吱呀呀吒吒吱啞查吱啞查
音節、音色
存在的音樂與傳播的可能
像顏色波奏的藍、淺藍、深藍、蔚藍、
　雨過天青藍、紫藍、憂鬱的藍、火焰中心的藍
藏在花、草、林木、叢籔
植物底族譜的節奏裡
每回我尋找您的來源
總是迷失在您底
超和諧的樂章裡
吱吱呀呀吒吒吱啞查吱啞查

在詩中作者採用了無數類似禪道的語彙，如「自然」、「渾沌」、「荒煙野草」、「和諧」等，由此不難給人直接或間接地感受到作者在心靈深處的那種不受羈縛的自然企盼；在人間環境日漸被破壞及污染的今天，自然生態的受重視和保護，這應該是彼此的責任，而作者能將它移入詩中來表達，這無疑的又是現代詩的一種新實驗。

其實除了以詩來表述自然生態之外，然而我們也不可忽略另一種詩類，那就是所謂的都市詩，人口不斷的流動遷徙，城鄉差距擴大，這些無形中把都市人口、建築、交通擠壓得喘不過氣來，呈現出一種現代社會中不平衡的病態現象，這種情形看在詩人的眼裡，如白靈的〈電話亭〉：

街一端，整座城圍困住

　　　這四面透明的玻璃

　　　但誰能綁住

　　　誰的思想


　　　縮身成數字，按幾顆鍵

　　　就將自己輸入

　　　吶喊尾隨

　　　線圈令電子飛奔


又如向陽的〈城市‧黎明〉：


　　　夜深了，以瘦弱的身影，夜

　　　深了，以一口濃黑的痰，吐

　　　在紅磚道上

　　　微弱的是　　從黑色的夜中掙出頭來的　　街車

　　　Ｍ大樓　　　　流動的霓虹，螞蟻一樣　　慾望

　　　警示燈一樣　　　搔弄，所有發現她的　　酒客

　　　苦澀　　　　　　　　　　不寐的眼睛　　浪蕩

　　　攀過牆坦　　　　　　曖昧而有序　　天宇

　　　閃爍的星　　　　不斷眨著的眼睛　　迷濛


由以上所舉的兩首詩中，作者徹底地把生活在商業都市的那種急迫、
浪蕩、慾望、迷濛等的現代社會情狀表達了出來，這種寫實體的都市
詩，就猶如一面鏡子，不斷地在人們的眼前浮泛著，怎樣才能滌去那
份心中的慾想，而找回失落迷惘的自我。

　　談現代詩的創作，說實在的這並不是件容易的事，它除了體式要

超脫新穎外，更重要的是在內容的深入與意味的高遠，然而這些都要靠作者個人的才慧與靈思，在此擬舉在詩集中江文瑜二十首題名為〈臺灣餐廳秀〉中的〈芋仔冰〉：

　　努力一輩子
　　戰士授田證
　　終於膨脹成一團
　　灰色的冰

又如〈滷菜〉：

　　每天叫我打扮得香噴噴
　　卻只能當個小的
　　躲在一旁
　　斜望主人的微笑

又如〈牛排〉：

　　牛肉場的老闆只堅持兩點
　　彈性的肥肉
　　勻稱的排骨
　　至於第三點，再說

江文瑜觀察入微，全以短詩表達，每首詩都不超過四行，在詩意上表達了戲謔與隱喻。另外作者又以平日民生為主題寫了三十首〈飲食男女〉的短詩，這一系列組詩寫作形式和前面的〈臺灣餐廳秀〉組詩可

說大致相同，唯一不同的是環繞在每天所面對的一些現實生活上，雖屬零碎，但頗饒富意趣，例如〈皮蛋〉：

> 睜開貓的千年之眼
> 射出妖邪之氣
> 魚啊！你獨特的腥
> 霸佔了我的瞳孔

又如〈生魚片〉：

> 最處女的身段
> 擺給你看
> 一回生
> 兩回熟

又〈醋〉：

> 戀愛中的男女
> 搶著收購
> 去稀釋過鹹的
> 眼淚

人是離不開生活的，活著就必須去面對周遭的事物，然其中則要以民生為最主要的課題，作者能以細緻的思維去關注這些日常飲食生活上的點滴，進而加以轉化作為寫作的題材，這也表示出了學院派詩人，其實對社會生活的體認和關懷是寬廣深入的。

在今天後現代詩作的內容、詩型、技巧的表達，它已不拘一格，而且是多元化與多樣式的，例如陳慧樺、游喚的詩作就屬於旅遊記事類型，陳慧樺在〈夏威夷旅遊詩〉中的第一帖〈夜宿柯娜〉：

河神袒胸露乳
掠入蔚藍的夜窗
直撫摸著我的夢陲
戰馬勒緊韁繩待馳上古戰場
一截驚慌的火箭筒掛在夜空中
一塊瑰異的夢土上
螢光追逐。精靈齊唱

凌晨在迷濛中醒來
河神戰馬俱已遁成一道幽光
掛在窗外　那麼深遠
你欲喚醒紅河岸邊的情人
挽臂凌霄而去？

又如游喚〈三晉之旅〉中的第十九首〈汾河〉：

汾河的水釀出最香的酒
因而酒香比河還長
汾河的寬闊包容人民的苦難
因而它比歷史更真更寫實
汾河流著三晉的原始
把漂亮的姿勢在晉中轉了個彎

　　幫助黃河的肚量撐到山西來

　　其實旅遊文學的產生，在我國傳統文學中應該算是相當早的，像漢代的司馬遷就是這類文學的創始者，四處周遊探訪，再而如柳宗元的山水遊記，或如劉鶚的《老殘遊記》等，應該都算是最顯著的例子。然而在新詩方面，以此類題材作為寫作的似乎不多見，在本選集中陳慧樺及游喚兩位的作品雖屬旅遊詩，但它並非僅在景物上的描述，而是兼及了當地歷史傳說，所以在內容上顯得較為突出。

　　在選集中，汪啟疆的詩作是偏於海洋類型的，如果依現在文學類型研究的話，他的詩作品應列入海洋文學這領域，例如〈魚〉這首詩：

　　劇烈扭甩的曲線上
　　　抖盡了身體最後一滴
　　海水。　避開怒豎反抗的脊刺
　　按住　　　掙動
　　抵抗是無效的。
　　　　　　成熟的軀體
　　刀刃插入，雪白如鹽的腹部
　　溫柔如面向已解開一切的女人
　　　　　　天空同刀鋒　仰對

又如〈翅膀的宣言〉：

　　我們的天空
　　從未劃分翅膀屬於的區域。

　　翅膀的拍動

　　沒有界域，沒有國籍，風也一樣

　　從不佔有天空

　　祇是分享。包括了人類。


　　近些年來，海洋文學漸漸的被人們注意，海洋與商業、海洋與領土交通、人口遷移等都成了世界性的重要研究課題，當然汪啟疆是以詩人長期對海洋的觀察後寫下他的感想記錄。當魚被釣上後，即使用力反抗，最後還是徒然，表達痛楚（魚）與歡娛（釣者）都是同等的尖銳，其實結果不是什麼，而是——慾念。至於〈翅膀的宣言〉，作者主要是表達一種自由觀，鴿子有牠飛行的權利，人們應該自省不該去強迫牠們把翅膀收斂起來——射獵。

　　在前文曾經述及詩式，可以自由多元化，若它能表述一種深意的話，那麼它應該算是一篇佳作。簡政珍化佛禪之語入詩，十分特出，在〈假如〉一首有云：


　　假如一塊隕石掉落

　　我們能在輪迴裡

　　找到它靈魂的光嗎？

　　雲的答案

　　是投射在地球上

　　即時聚散的光彩

　　假如地球已成一顆隕石

　　我們能在如來的慈悲裡

　　看到多少蓮花？

　　風的答案

將成無謂的妄言

在這裡，「輪迴」、「如來」、「慈悲」、「蓮花」都是佛家語，作者
能借佛語入詩，而托化出一番新意，可見作者在創作上靈敏的地方了。
詩人不能沒有敏銳的觀察力，同時更不能沒有自己的風格，其中
蕭蕭的詩風，可說是獨樹一格的，他擅長短詩，內容有哲理，也有遐
想，觀察十分入微，如〈白雲雙飛〉：

白雲（A）
情人節到了
送你一束白雲
可以當桌布
可以當圍巾
最好是懸在無人到的心中
隨風隨時飄出視線之外
而亦無可如何

白雲（B）
無可如何，咳了又咳
　　基隆廟口甜不辣
　　彰化老鼠麵
　　北港媽祖宮的香灰
　　王維木末芙蓉花
　　都只是一口氣而已
咳了又咳，就是咳不出咳不出
胸口上那抹不飛的白雲

〈白雲〉主要是屬情人對話，然其中卻表達了某種程度 E 時代年輕人的戀愛觀，蕭蕭以獨特的相對論體式創作，這種詩風目前在臺灣現代詩界應算是開風氣之先吧？

綜觀全集，詩體類型多樣，內容博廣，而其中系列短詩佔全選集之最，其以為散文詩，然而至於短詩方面，甚至有簡短到三行者，如林建隆的「生活俳句」，我想這可能具刻意模仿日本的「俳句」而作的。例如〈切仔麵〉及〈被單〉：

> 在切仔麵攤前
> 待候韭菜下沉
> 豆芽浮起的黃昏〈切仔麵〉

> 棉花不夠看
> 所以套上
> 一被單的蝴蝶蘭〈被單〉

作者試圖以最簡短的詩句來表達一個意念，可是就日本真正俳句的規矩，是有相稱及韻致的，同時還必須注意詩句中的寫意與理趣之妙，如果僅在表述某單一意涵的話，那就未免略嫌窄狹了。

然就客觀而言，短詩的寫作並非易事，尤其是在簡約數行間，深含情趣，而不落俗套，讀後能讓人回味，那非高度的秉慧者是很難做到的，再而我也常常感受到詩人的思想是十分靈動的，它猶如一匹不繫韁繩的神馬，從前面所列舉的詩例便可見一斑，於是當我們在賞讀詩人的作品時，說實在的，必須要有一份捉摸這匹神馬奔馳的觸感與能力，否則就會猶如走在迷霧之中而茫茫然，不知其所云矣！

# 白話山水詩的美學書寫
## ——以童山《人文山水詩集》爲例

## 前言

　　本小論主要是探討中國傳統詩歌在文學發展的過程中，有關類型體式的演變，及內涵義蘊上之融攝與轉化，而有新體文學之產生，就山水文學這一範疇而言，其中或因當時社會現象而影響到一些士大夫們輕視世務，轉而寄情於山水、隱居山林、放浪江湖等，於是在這段時間便有所謂的「山水」詩派的形成。然白話在多樣體式的詩歌中，多有創發，發表了不少傑作，而本文主要在窺探白話山水詩在體式內容之變異、文字之構築，並兼論其中的美學書寫，至於白話山水詩之範式，則以童山的《人文山水詩集》為舉例探討重心。

## 一　繼承與創新

　　在中國文學的發展過程中，詩歌這一型文類，可說是佔有極重要的地位，若從詩史的立場衡之，詩歌發展應從《詩經》算起，從這個源頭的創發以後，詩歌的優良傳統便一直不斷地持續而從未間斷過。然而在發展的過程中，雖也產生了其他相關或衍生出與詩分割不了關係的詩、曲等方面的類型體式文類，但是就其內涵精神而言仍保存著

其血脈，由此我們可以瞭解到從《詩經》的興起，到其對以後中國文學詩史的發展及影響上，是有著不可忽視的重要性。

談到詩歌這類文學時，我們的確不能不提到「情」這個字。就人類心理學的立場而言，一般人都屬於最富有感情的動物，在平時人與人之間，或與萬物之間，可說都以感情或為彼此間的交誼與維繫，社會的組織，同時更由於人類有如此的豐富的情感的醞蓄，所以在某些時候為了要宣洩這股內在的情意，於是詩歌或藝術之類的作品也就因而產生。而這從感情到藝術作品的創造與表述，其中就蘊含了人類可貴的稟賦與智慧，然這過程由內裡到外表的發揮或媒介過程，其實最主要的是藉由詩、樂、舞等各種不同形式來表達，當然其展現的模式在起始之時應該都是從簡單到繁雜，或由庸俗到高雅，漸次地向上提升發展轉化。

在前面曾述及詩歌的發展與人類的生活有著不可分割的密切關係。關於這點，在此或許我們可從詩歌發展的情形來加以論說，比如在古代祭神的時候要唱詩，在朋友宴會或遠赴異地任職時要贈詩，再而又青年男女表示愛情時往往以詩歌來互相贈與[1]，其他又如在旅遊時由於睹物感懷，因而也要賦詩表達心中的感想等等，而這些不固定場所，不擇時而傾瀉表達內心的真摯作品，在傳統文學中，詩歌這一文類應是古代社會中最直接的一種宣洩感情的方式，當然不可否認的，它也是人們彼此間用來表述意見的最佳辭令。

至於傳統詩歌在寫作技巧的運用與表達方面，其對後代詩型的變化與創發上面均有極大的影響，例如古體詩、樂府詩、或近體詩等，這些後起的詩型格式，都延續自前面的《詩經》的書寫方式發展而來，然而其中最明顯的就是離不了詩教的精神，那就是興、觀、群、

---

[1] 王國瓔著《中國山水詩研究》（臺北市：聯經出版有限公司，1986年），頁15。

怨，表達社會的實際生活面向，其次抒寫個人情懷，或象徵、或隱喻、或體物寫志等，類型十分豐富多彩。這些從早期的《詩經》體式而逐漸變到後來的各類詩式類型之演變，就文學發展的軌跡而言，是有其客觀之因素存在的，若概括性論的話，最主要的應該是環境，其次是文學本身，再而就是人們社會的需要，所以我們可以這樣說，一種文學的產生，應該離不開它的社會根源，而這當中又包括了政治、經濟、思想、教育、血統等因素。從《詩經》開始到以後的詩、詞、戲曲、小說、新聞等類體式的沿革與發展，同樣地都離不了這個根源或基礎。

## 二　詩式多元的自由風格

前面曾論及詩歌的發展及其對後來的變遷與影響，然而這些變化與影響，其實傳統詩歌的擴展及在朝向多元的途徑上而言是有其重要的關鍵性。總括而言，中國文學的發展，詩歌這文類多以抒發感情，文學應用技巧或引發讀者對人生或自然的感物與興趣為主，再而我們知道詩歌在語言的運用上應該是屬於修辭表達及文學組織這個範圍方面，同時它也可說是一種高度精緻的藝術表現。然而在這個藝術表現的範疇中，詩體本身的變化，內涵的隱含及思想的展現等都可說是其中的根本精神。

我們知道中國早期的文學，多以實用為主，並且往往和政教混為一談，而至於純文學，在中國古代只有詩、詞、歌、賦，可是這些類型的文體，基本上多屬於以文字雕飾、偏重藻飾，故而常被視為是一種雕蟲小技，壯夫不為的閒適文學。詩、詞、歌、賦等純文學作品在當時雖被某些文人批評為雕蟲小技之學[2]，說實在的，若站在文學藝

---

[2]　王國瓔著《中國山水詩研究》（臺北市：聯經出版有限公司，1986年），頁15。

術的立場來看，這是不公平的，純文學應該有它的生命，也有它的文
學藝術價值存在。比如魏晉南北朝時期，雖然是一個紛亂的時代，但
是作家們將其思想觀念表之於詩文之中，展現出獨有的精神風格，不
論是感染於佛教而有出世的觀念，或樂於沉浸於自然境界而或有隱遁
的思想，然而這些文學觀或精神都大部分融化到彼等的詩歌作品之
中，呈現出另一種脫俗的詩型風格，而這種以自然，或隱逸作為詩心
的精神特色或內容體裁，其實它對後代詩歌在類型的轉化及發展上有
著不可切割的直接關係。例如湛方生的〈帆入南湖〉：

> 彭蠡紀三江，廬岳主眾阜，
> 白沙淨川路，青松蔚嚴首。
> 此水何時流，此山何時有，
> 人道互推遷，茲器獨長久，
> 悠悠宇宙中，古今迭先後。[3]

作者以最明白的詞語，表達了心中的感觸，寫出了寬廣的山水景物，
但是它的體式表達是遼闊自由，流動的山與水，白沙與青松，人道與
宇宙，一首詩中包含了自然與人間的關係，這可說脫離了僵化格式，
其次在文學組織上也已突破過去在那種嚴肅規律下的表述方式，這種
自由的寫作技巧，應該可說已開啟後來詩歌自由的端倪。在此筆者所
說的自由式文字的表達，當然涵括了所謂的「陳言務去」、「辭令已
出」這兩個基礎概念，而這也就如同當時公安派的主張，重視個性和
獨創，不妄學古人，其次是言必有其情，心靈的寫照，同時認為文學
的價值，是產生於不斷的變遷，與不息的創造之中，這些概念當然也

---

[3] （晉）湛方生（四世紀後半期），是（晉）庾闡之外另一位比較多量寫山水詩的古代
詩人。

成了後來白話文學發展的基礎了。從這個理念的開啟,於是我們可以
瞭解到當時傳統文學的發展,在某些作家的看法上是必須變革與創新
的,在這樣的情形下才能產生出一股新穎的文藝精神或氣象,然而從
文學的流變而往後的詩格、內容及題材的革新變化,這在詩歌文學史
的沿革與創發上,尤其是在發展過程中則免不了要受到一些衛道文人
的抗拒或反彈,例如錢謙益就曾指責說:

> 機鋒側出,矯枉過正,於是狂瞽相扇,鄙俚交行,雅故滅裂,
> 風華掃地。

又如朱彝尊也說:

> 倡淺率之調,以為浮響,造不根之句,以為奇突。

從以上錢、宋兩位詩人的批評文字中,便可見反對新體文學的發展聲
浪可說不小,其實真情的宣洩與傾訴,倘若以古舊的一些死文字是無
法表達人類內心情感的律動性的,這點不論從哪一角度來看都是不變
的事實,除外新學的興發,在魏晉或宋代的文人對漢儒在名教僵硬的
觀念方面應該也是引起反抗的另一主因。[4]

其次由於受到外來佛教思想入侵與本土宗教的混合現象,於是單
純的儒教文化漸漸地產生了根本的變化,隨之作家文人也開始選擇解
放自由的方式作為自己創作的途徑,然在這樣不可避免的趨勢下,文
學作品的類型自然就呈現多元的風貌了。再而還有一點必須強調的
是,在當時這些外來因素不論是正面或反面,其實它對一位創作者來

---

[4] 葉維廉著〈中國古典和英美詩中山水美感意識的演變〉,《何太之飲》(臺北市:時
報出版公司,1971年。)

說，尤其是在個人的思想觀念上是極容易產生轉移或遷變現象的，而這種現象在歷代作家的文學作品中都可以明顯地考察出來，故而在此我們可以清楚的說出社會環境對一位作者在心理及精神上的無形影響是至為重大的。由於這種心理的潛存變化，在其個人的作品內涵上也產生了不同層次的意識色彩，然而類似這樣的文學作品，如果概括性來看，則要以詩歌這一文類的表現最為突出。例如從詩經到漢代的樂府，從民間的歌謠到戲曲的出現，在作品的題材內容方面都離不了社會及人民的生活寫照，當然這應該就是文學的功能及作家的責任，把時代的歷史縮影直接記錄下來，作為社會變遷過程的真相實證，而歷代可以代表這真相證實最直接的文字檔案，其實還是詩歌的書寫，比如杜甫在其時代所感受到及其以寫實的表達手法寫出了社會的腐朽、民生凋敝真實現狀，就是一個最明顯的例子。

詩人透視宇宙，觀察萬物，表達最為透闊寬廣的，若以中國文學史的情形來考察，或許要以魏晉時期的詩人作品類型及表達方式為最多樣；而以這種自由體式的方法寫作，以山水田園為抒發個人心靈感悟者，我們一般均稱為「山水詩」，關於這類詩體，對其內容如果詳細加以比較分析的話，則不免會發現，當中有一些不一定是純寫山水，也就是說可能有其他的輔助母題的存在情形。[5]

然在一般上來說，只要談到山水詩這個範疇時，則無不以謝靈運、謝朓或王維的作品作為探討的對象，至於山水詩的產生方面，依據王國瓔的統計，對於主題的詮釋各家說法並不一致，雖然如此，但在此我們必須注意到一點，那就是中國古人向來對於自然山水是十分景仰，甚至達到一種崇拜的地步，於是有所謂山神河伯、樂山樂水的觀念的產生。不過這雖像是一個人們對自然接近或景仰的一種心理意

---

[5] 同前註（1），〈緒言〉。

識，但是它在人文思想的影響卻極為廣泛和深遠。關於這點我們可以
在以後的詩歌中找到不少的佐證，比如《詩經》中的：

> 泰山巖巖，魯邦所詹。(〈魯頌〉〈閟宮〉)
> 崧高維嶽，駿極於天。(〈大雅〉〈崧高〉)

或者像〈陳風〉〈衡門〉中的：

> 淇水悠悠，檜楫松舟。
> 駕言出遊，以寫我憂。

就前面所列舉的例子看來，前者雖然在描寫泰山的雄偉，但已對山嶽
的崇高，河水的威猛湍急作描繪，這些自然景物由詩人的崇敬而產生
崇拜的心理，最後以詩歌來加以頌讚。至於第二例句，同樣的也是描
繪山水及松舟景物，但其內含氛圍已大有改變，它礫括出遊及寫憂的
精神在裡面，同時它已初具後世文人登山臨水，藉遨遊以遣懷的現代
詩基礎模式了。

## 三　現代白話山水詩的美學新貌

從傳統詩歌的類型變革以及到後來的衍化發展，以山水詩這個範
疇來看，其對後代文學的影響，的確有著密切的關係；然而就其中最
主要的，除了科技發達的現代社會，人們在精神和心理上大部分都受
到了周邊不一的擠壓或刺激，無形中人與自然生態發生失衡的現象，
一些有心人士便重新思考人與自然之間和諧的重要性，然處理這種和
諧的方式，雖然方式很多，但站在文學的立場而言，詩歌文學應該是

最淨化美學與柔性的引導宣洩方式之一。所以關於這點，筆者擬以童山先生最近出版的《人文山水詩集》做為舉例及探討的重心。

在今天白話流行的時代，山水詩這一類作品仍依循前人腳步延續發展，而這些白話詩作品中，我們也發現了詩人們在創作上選辭用語、文字修辭、內容蘊涵等有頗多特殊的表達技巧，比如徐志摩的〈再別康橋〉或〈翡冷翠的一夜〉等，由詩作中我們可以知道康橋和翡冷翠等地方的文化景物，這不僅隱含了詩情之美，更蘊涵了詩境的無限深廣空間，一種詩意美感自然呈現於字裡行間了。

至於談到詩人童山的《人文山水詩集》，集中所收錄的詩作分為七卷，共一百四十五首，最早的詩作是寫於 1994 年，而最晚的是寫於 2004 年，前後作者花了將近十一年的時間，詩集由「萬卷樓」印行，2005 年 7 月問世。

這是一本以山水為主題書寫的白話詩，在此我們透過文本解析及作品內容表達技巧作比較詮釋，再加上量化分析統計，進行考察，詩體中的白話山水詩的美感藝術特色，同時也擬探析作者寫作時的背景意境思想，從這些理解中瞭解當今臺灣白話詩作品中，有關山水旅遊書寫的表達技巧上的文字構築美及其文字價值。

童山《人文山水詩集》是作者第三部詩集，本詩集的內容偏於旅遊山水為主，共分七卷：

「童詩卷」：六首
「生活卷」：五十八首
「旅遊卷」分為東歐之旅花束：十五首
　北海道之旅花絮：十首
　雲貴之詩箋：十七首
　福州之旅詩頁：十二首

美國旅遊詩箋：三十二首

從以上所列，可以瞭解詩集中各卷的詩作數目，也知道作者旅遊的地點，其中「生活卷」的篇數最多，有五十八首，其次是美國旅遊詩，有三十二首。童山先生旅遊山水詩的寫作極為廣泛，除臺灣平日生活點滴外，作者還到國外，東歐、日本、大陸及美國等地觀覽抒情的詩篇，再而就是其中部分詩篇是屬於組詩，如：〈明潭記事〉、〈麗江三城〉、〈旅美見聞〉等。在每篇作品的末了都註明寫作時間，這些給研究者在考證作者的寫作時間紀錄上方便參考。

## 四 詩集中有關山水旅遊詩之考察與分析

詩歌是一種最凝鍊的語言藝術，這樣凝鍊的鑄詞詩語，若從詩意內容來看，其實多數是集中在反映生活，或抒情言志，或描述山川名勝等主題為主，雖然如此，而這類詩歌文體，它也頗講究詩境上的美感，或韻律節奏，每每在閱讀這樣的詩作時，往往給人的感覺就如同身在畫境般的快適與怡然！當然無可諱言的，其中最重要的還是以抒情思想感情為主，這種濃烈的感染力牽引了閱讀者的心情起伏，甚至是內心的無名共感，所以詩歌的美感動力，可以說是無限的，以下或許可從幾方面來探析童山在詩集中所呈現的寫作技巧與特色：

## （一）詩情藝術之美

在詩集中，詩的旅遊蹤跡相當的廣，不僅在國內，也包括了國外，見聞廣博，感受亦深，且靈思便捷，擒詞造語都呈現自己的風格特色，例如〈山中〉一詩：

午後，群山展現原始的輪廓，

　　　　　一輪比一輪淡化，
　　　　　接上藍天的顏色，
　　　　　我跋涉過黃土山坡，
　　　　　山風迎面撲來，
　　　　　不改千年的粗獷荒漠。

　　　　　山是無言，
　　　　　原始是與生俱來的特色，
　　　　　赫赫黃土，堅硬的性格，
　　　　　蘆荻根連，是堅韌的展現。
　　　　　綠草、白雲、藍天，
　　　　　構成大自然蓬勃的色澤，
　　　　　孕育出千千萬萬的生命力，
　　　　　在群山中，整個下午，
　　　　　我傾聽山風訴說大地的來歷。[6]

全詩中作者採用了優美的文字韻律，在第一段，第一行的「廓」，第三行「色」，第四行「坡」及第六行的「漠」，在第二段第二行的「色」，第三行的「格」及第六行的「澤」，由於作者細心採用韻語作為行末的結語，所以讀起來，全詩音樂性自然雋永，其次是詩意的捕捉，詩題是〈山中〉，但作者並非直描山景而是在細述山的性格及其在大自然構成的蓬勃變化的面貌，以及在那與生俱來的赫赫堅硬本色，尤其是用了「赫赫」兩字，更隱含了「山」的原貌個性，至於「山」的原始來歷是什麼？全部留給山風去訴說，這樣也更顯出了自

---

6　童山著《人文山水詩集》，頁64。

然界的神奇奧秘。

其次又如〈風中的詩〉：

> 你從風中來，
> 吹落一片葉子。
> 我想將詩句寫在葉子上：
> 「告訴你，春寒季節，
> 葉上的網路，刻著相思。
> 由青而黃，由黃而褐，
> 紀錄四季的風采和事蹟。」
>
> 風中的一葉，讀著風中的詩，
> 隨風傳來暖意襲上心頭。
> 沒有距離，也沒有時空的對位，
> 只有日夜思念，薰染一首詩，
> 就如一襲東風，一往情深，
> 宣染一川煙樹，一樹桃紅。[7]

全詩有著濃郁的詩情，從吹落的一片葉子，渲染出無限的相思，尤其是那輕淺的文字中穿引著春寒料峭孤寂的愛思，只要稍稍牽動，便毫無保存地赤裸托出，從「葉上的網路／刻著相思」可見一斑，這樣的詩情表達手法，詩人對愛情的誠摯，以及那種「一往情深」、「一樹桃紅」的真情流露，及興奮天真在內心交織輝映，無不起伏躍動著熱情與戀意！

---

7 同前註（6），頁39。

## （二）意境營造與融情於景

　　寫詩不能不注意到意境，然而什麼是意境？對此王國維有這樣的看法，他認為一首好詩必有「境界」，在《人間詞話》中說，喜怒哀樂，亦人心中之一境界，所以能寫真景物，真感情者謂之有境界，否則謂之無境界，在這段文字中，他清楚地對意境這個內涵做了釐清，那就是詩同時具有真感情和真景物才能產生境界，換句話說，意境就是情景交融而產生的一種所謂深層的意蘊和韻味，當然在這樣的意境中，作者往往是將感情直接融入於景物當中的，在童山的詩集中，我們發現有不少是隱含高度意境及融情於景的精彩詩篇。

　　如〈望夫石〉：

　　　　也許負荷太重，
　　　　關愛和思念太多，
　　　　懷念如鋼，步履如石，
　　　　當我登上山頂，離情如海風，
　　　　撕裂白雲，淚染白雲而紅，
　　　　我枯立在歲月中，苦苦等待，
　　　　紅了桃花，白了梨花，黃了木芙蓉，
　　　　飄零的日子，如花瓣，如霜，如雪。

　　　　我不會向歲月低頭，只等你歸來，
　　　　不要遠行，我怎能放心，
　　　　擔心你，一路風雲詭譎，
　　　　……………………………。8

---

8　同前註（6），頁47。

在詩中將自己融入景中，並且藉著述說「望夫石」的傳說故事，詩意淒美，讀後讓人有一種在漫長歲月中枯等夫婿歸來的期盼。再而詩中又穿插了戲劇性的表達，如「當年送你，手牽大寶，背負小如⋯⋯」等，更是將人間的離情別緒綴織其間。詩人將思想感情濃縮到「望夫石」的景象中，情景交融，我們從畫面形象中也可以觸碰到作者內心的誠摯感情。

又如〈老樟樹〉：

> 有過繁華的歲月，
> 也有過蕭瑟。
> 千年萬年來，
> 屹立東海島上，
> 傾聽中央山脈的脈動，
> 颱風的吞吐，海潮的呼吸。
>
> 流金歲月，我是大地的老者，
> 皺紋千條萬款，
> 深深記錄著烽火和災難。
> ⋯⋯⋯⋯⋯⋯⋯⋯⋯⋯⋯⋯⋯⋯。[9]

在文學藝術中，主觀的情意和客觀的境象，這些都是文學藝術創作者的創作材料，當然也可以說是藝術文本中最基本的成分及要素，我們考察童山以上的詩例，發現除了作者把感情融注到景中的物象外，並且也賦予它一種活潑的精神，這種表達技巧，它已經突破了傳統詩式

---

[9] 同前註（6），頁52。

的格律限制，而把物境、情境、意境互相融會，達到了寓情於景中的
最高境地！

## （三）語言構築與詩性的營造

在讀詩時，我們常會被詩中的某些優美的詩語所吸引，進而感佩
作者鑄詞造語上的才思靈慧，其實詩的語言在一位創作者來說，它除
了發自個人的誠摯外，還有那來自感情的狀態和律動所形成的內在韻
律，將這樣的詩緒表達於詩語上，而這也就是我們平時所謂的詩的語
言音樂之美了。在此試舉詩人，洛夫〈隨雨聲入山而不見雨〉詩中的
一節：

> 下山
> 仍不見雨
> 三粒苦松子
> 沿著路標一直滾到我的腳前
> 伸手抓起
> 竟是一把鳥聲。

這是一首寫遊山聽雨的白話詩，從詩句上可以看出來，是經詩人精
心構築的，文字淺白，詩的意境卻玄深空靈，「苦松子」變為「鳥
聲」，其中有一銜接的媒介，那就是松林，由於有松林，所以「鳥
聲」就自然存在，可見詩人的聯想是合理的，然而其中留存的空白部
分，則由讀者之間的審美互動空間了。

接下來讓我們來欣賞童山在《人文山水詩集》中的詞語特色以及
詩情意境之營造技巧手法的處理，詩人善於捕捉詩境，喜歡以韻語入

詩，構辭優雅，詩情玄遠，通讀詩集後約略分別以：1. 數量式詩語、2. 四字句式詩語、3. 類疊式詩語，來考察詩人的詩風及構詞造語特色。

## 1. 數量式詩語

| 詩語 | 篇名 |
|---|---|
| 彎弓射落一串串火球（第4行）<br>一朵朵金色花蕊（第8行）<br>一朵朵忠心不二（第13行） | 〈太陽花〉 |
| 一襲襲夜風忙著送傳（第13行） | 〈夜話〉 |
| 一顆顆都是珍貴的（第5行） | 〈短歌〉 |
| 一條條經脈，盤根錯結是古松的根（第5行） | |
| 一層層山石，縱橫雕刻是歲月的落痕<br>（第6行） | 〈峭壁傲骨〉 |
| 為你寫一首首詩（第5行）<br>象徵一座座山岳屹立（第6行）<br>象徵一條條流動的河（第8行） | 〈絃樂四重奏〉 |
| 一尊尊全身挺立夢中（第4行） | 〈敦煌沙暴〉 |
| 直把一雙雙大腳染黃（第11行） | 〈登黃陵〉 |
| 一絲絲，一絲絲摻上（第3行） | 〈臺灣北二高路上〉（一） |
| 一聲聲鐘響，敲響每個元智人的心（第13行） | 〈元智校園即景〉 |
| 一層層的粉白，一層層地覆蓋（第2行） | 〈薩爾斯堡四時歌〉<br>之四〈冬歌〉 |
| 畫出一陣陣歡笑（第21行） | 〈聖沃夫岡湖上〉 |
| 一個個佝僂羸弱的身軀倒下（第6行） | 〈黑死病紀念碑〉 |

| 詩語 | 篇名 |
|---|---|
| 剪出一條條藍色的腳印（第33行） | 〈歸程聯想〉 |
| 像海潮一波波打上心頭（第3行）<br>一串串斗狀的花序（第7行） | 〈白鳥湖在霧中〉 |
| 蒼山稜線一座座相疊（第21行） | 〈大理三塔采風錄〉 |
| 一座座分離不相連（第6行） | 〈來到貴陽〉 |
| 一個個是青色的饅頭山（第13行）<br>一個個也是心頭的乳房（第14行） | 〈娃娃谷〉 |
| 一件件穿著品味不同（第6行） | 〈山水站〉 |
| 一雙雙鞋子（第1行）<br>一艘艘升火待發的船（第4行） | 〈鞋子〉 |

## 2. 四字句式詩語

| 詩語 | 篇名 |
|---|---|
| 一季花蜜（第14行） | 〈蝴蝶谷之戀〉 |
| 一把玉笛（第7行） | 〈敦煌玉琵琶〉 |
| 一對翠鳥（第9行） | 〈一幅畫面〉 |
| 一彎銀鉤（第3行） | 〈夜話〉 |
| 一往情深（第12行）<br>一樹桃紅（地13行） | 〈風中的詩〉 |
| 一撮枯草（第13行）<br>一朵小花（地18行） | 〈敦煌沙暴〉 |
| 一把洋傘（第7行）<br>一片春雨（地12行） | 〈窗外〉 |

| 詩語 | 篇名 |
|------|------|
| 一輪臉龐（第5行）<br>一輪明月（第9行） | 〈七號公園〉 |
| 一夜風情（秋歌－第4行）<br>一股暗香（冬歌－第1行） | 〈子夜四時歌〉 |

## 3.類疊式詩語

| 詩語 | 篇名 |
|------|------|
| 炎黃子孫，願世世代代（第14行） | 〈登黃陵〉 |
| 英英朵朵，打在記憶裡（第2行） | 〈江南〉 |
| 培育世世代代的子孫（第4行） | 〈武夷山大學十四行〉 |
| 千千萬萬的誓言向你傾訴（第14行） | 〈太陽花〉 |
| 在山山水水的身影中（第11行） | 〈武夷山的聯想〉 |
| 塗染奧地利湖泊的山山水水（第9行）<br>叢叢疊疊的森林（地12行） | 〈聖沃夫大岡湖上〉 |
| 量販店的書林林總總（第1行） | 〈量販店暢銷書〉 |
| 重重疊疊的窗子（第4行） | 〈一口井、一畝田〉 |
| 門門戶戶都沈在河渠上（第10行） | 〈江南〉 |
| 那廊簷下長長寬寬的板凳和桌子（第10行） | 〈四度空間的返鄉曲〉 |

就前面的列舉之外，其他像疊詞型式的詞語結構，發現也是詩人喜歡運用的，如：盈盈、滾滾、冉冉、藍藍、喃喃、蕭蕭、淡淡、亭亭、緊緊、朵朵、處處、深深、悠悠、青青、紛紛、長長、蓬蓬、習習等，由於詩人的構詞用語多偏在韻語這個範疇裡，因而當我們在賞

讀其詩作時，無不覺得有一種溫婉的詩情貫穿其間，其實語言的音
樂美在一首詩的成分上是佔有極重要的地位和比例的。然而這種構詞
的風格習慣或特色，很明顯地可以看出來，它是深受我國傳統詩詞
的影響，詩句的音節、佈局、舒徐有致。在另一本《童山詩集》（臺
北市：三民書局，1974年）的詩風也頗類似以上的列舉者，其中如
〈小小的農家〉一詩：

> 這是一個小小的，小小的農家，
> 小小的茅屋繞著小小的籬笆，
> 家家戶戶過著快樂的日子，
> 種田的種田，紡紗的紡紗。
>
> 哪兒的風光比得上它？
> 裊裊的炊煙，淡淡的晚霞。
> 春天，門前開著的，是桃李、花香，
> 秋天，落在窗前的，是星星和月亮。
> 在這裡，鳥雀站在牛背上談天，
> 在這裡，落葉和流水互傳著情話。[10]

詩中的造語平實優美，這恬靜的意象來自詩人的美學構思組合而成，
寫出了農家鄉村生活的平和不爭世界，它像極了一幅圖畫。關於詩的
語言，意境藝術美的這個範疇看法，我們或許要提到民國初年的詩
人聞一多，他是最早提出並強調詩的繪畫美的，在《詩的格律》（見
聞一多〈詩論〉一文）就提出了新詩要有「音樂的美」、「繪畫的美」

---

10 邱燮友著《童山詩集》（臺北市：三民書局，1974年），頁83。

和「建築的美」的主張。而在這裡我們也發現童山的詩作在文字的建構以及詩情的捕捉與營造也頗多類似聞一多先生的主張的地方。其實就客觀而言，中國文學作品中，不應當忽略視覺藝術之美，因為我們的文字是象形的，再而平常當我們在觀看東西時都是用眼睛來傳達的，從以上這兩點，我們便可理解到詩文學的繪畫性在視覺之美中是有多麼的重要！倘若一首詩在連貫上除了韻律、節奏感外，也能注意到其中的繪畫組織美的話，那一定是令人讀後更感快舒！

## 五　由激活到張開想像之翼

想像在文學創作是相當重要的，不論小說家或詩人乃至於繪畫創作者，都必須要有這種慧根，所以狄德羅在《論戲劇藝術》中就提及「想像這一種特質，沒有了它，一個人　不能成為詩人，也不能成為哲學家」，再而我國文學評論家劉勰也說：「神用象通，情變所孕，物以貌求，心以理應」[11]，在這裡劉勰提到了感情對想像的激發作用，由感性和知性的相融合而昇華的想像，這在創作者的藝術思維中就是在形象捕捉，鎔鑄互相結合在一起的。童山在《人文山水詩集》中不少作品是具備以上所提到的所謂想像之美的特點。

## (一) 山、海：藍色的美學

在人文山水相關的文學作品，就主題描繪及構思過程而言，一般要追求意境的營造，把思想感情濃縮到有限的畫面中，達到情景交融，讓人在閱讀作品後也自然能被那山那海的神奇世界所牽引。然而在童山《人文山水詩集》中，詩人自由地讓詩神謬思遨遊於千山萬水

---

[11] 劉勰著《文心雕龍》〈神思篇〉。

之間，例如：

　　這時青山蒽翠如玉鍾，

　　與山澗的春泉流玉，秋水橫波，

　　構成無盡思維的延伸，

　　是一尊愛的寫生，永恆的雕像。[12]

又：

　　千山萬壑有野鳥啼鳴，

　　萬壑千山有金箭光影，

　　梅花、桃花、櫻花、杜鵑，

　　燦笑山崖水湄，

　　那魯娃，你在哪裡？

　　擁抱你，就如同擁抱春天，

　　太魯閣之春，是萬馬奔騰的飛石，

　　太魯閣之花，是山中傳誦不絕的傳奇。[13]

在讀童山的詩時，除了前面所談到的用語鑄詞及詩境的營造中，隱含了無限的美學特色外，同時從他的詩作品中也會感受到，作者在詩中的山海意識是他描繪自然時的一種不可分割的肌理，他與山海花樹、自然景物，這些都移入到詩中，而成了詩中極重要的位置、或對話的對象。

　　他以抒情的手法表達了對熱愛自然的律動，不論是感情，或語言

---

[12] 同前註（6），頁21。

[13] 同前註（6），頁59。

的注入都那麼深沉濃郁和誠懇，當然在詩行之間也浮現著一種教人感到深邃的藍調色彩！

## （二）生命、故土：純美的相連

對生命的體會，詩人的理解或許是敏感的，然而它的成長秩序及過程，其與環境的影響始終是密切分不開的，當中所發生的點滴、感觸，在詩語的描述書寫上，無不也融化了一種是甜是苦，甚而是五味混雜不清的的哲學生命課題，詩人的靈思觸及呈現了生命與故土的連結，點滴詞語中交織著濃厚純美的色澤。例如：

> 那天下午，你飄然的來，
> 彷彿回到童年，
> 在花樹下點燃一盞心燈，
> 宛如元宵燈節，火樹銀花，
> 迸射出千朵蝴蝶。
>
> 雪與火，冰與熱
> 幾度迷惘於海外黃昏，
> 在海濱花園，沒有與你共渡。
> 如今，燃燒的歲月中，
> 似真似夢，進入夏的幻境，
> 迎來的是千朵銀花，萬朵飛蝶。[14]

又：

---

[14] 同前註（6），頁42。

彷彿推開封閉半世紀的家門，

隱約有個童年的我，

在長廊迎接漂泊的我歸來，

像封閉的純釀，打開覆瓿，

溢出沉醉已久童年夢香。15

前一首詩表達了對愛的躍動，那樣的純情來自詩人的豐美想像，一種活潑熾熱的愛如此無限制地燃燒，在渴望中最後迎來的不是什麼？——人生、命運總是如此的教人感到莫測。

　　至於家鄉，在詩人的印象中是一則永存的記憶，那長長寬寬的板凳和桌子，堂前的小天井、稻穀、圓芋、蕃薯和菜蔬等，這些都那麼的熟悉。多年漂泊在外的他——歸來了。那鄉情故土，觸景生情，的確讓詩人——如同被打開的純釀酒香醉倒了。如此純美之情，在詩境中織串成瑩瑩相連的詩情之美。

## 結語

　　在傳統的詩歌寫作體式及內容不斷發展，由於古體詩、樂府或近體詩，而到白話詩的轉變，其中不論是傳統詩類，或現在白話詩類都各有傑出的詩家，寫出了優秀的作品。就旅遊山水這一範疇中，我們發現了不少詩品的內容題材，風格特色，或精神氣象等都相當優秀，對我國詩文學園地中可謂增添了不少燦爛的彩繪，然而在此，我們發現童山先生白話詩的書寫技巧與傳統詩類的表達體式頗有交會的地方，再而童山先生的措詞造語、詩篇構築，以及音樂、繪畫美感等也

---

15 同前註（6），頁204。

隱含了傳統詩歌的色彩，然就整體而言，童山先生的白話詩寫作擅長
捕捉詩境及想像的擬設，常能將景物活潑化，或擬人化，將感性和知
性相互融合而把詩情昇華到最高境界。若從美學詩觀的角度來看，童
山先生白話山水詩的書寫與建構，它頗有傳統山水詩表達的精神特
色，亦能融會傳統詩語，表達了韻律之美，其中尤獨一提者是在作者
營造了音樂與繪畫、視覺等的綜合性詩觀藝術美學。

# 小詩的美學詮釋

## 一 前言

　　就現代詩的發展上來看，從五四新文化運動開始以來，採用白話且較口語式的文字創作，這樣的詩歌一般來說稱之為新詩。然而經過百年的發展，早期的白話詩、語體詩，一直到後來的現代詩，其寫作體式已大有變化，比如在體裁上的突破，文字技巧的新穎，意境內涵的豐贍，書寫題材的多元，可說已替現代詩這塊園地增添了多彩多姿的生命氣象！然而在豐美的現代詩園圃裡，我們平時在閱讀詩人作品中，發現他們除了創作長詩外，同時也寫了不少短篇小詩，有的是二行、三行、四行，五行或六行等，詩的行數不多，卻能深刻的掌握了詩的意象，清楚的把詩趣表達了出來，它那秀美的詩情就如同靈光一現般，深深的烙存在讀者的腦中，讓人無限的回想。談到小詩的表達體式，是十分自由的，在短短的數行之間，能將一個意象或意境完美的呈現出來，修詞用語的精鍊妥切，當然在這當中也包含了書寫上的表現美學，以下我們就這個範疇來探討有關現代小詩的性格及其意象美，並窺察詩中隱藏了多少詩人的內心想像。

## 二　小詩的性格

　　在現代詩的世界裡，近年來出版了一些小詩選集，其中收集了不少精彩的小詩，比如羅青編選的《小詩三百首》（爾雅出版社，1979年）、白靈和向明合編的《可愛小詩選》（爾雅出版社，1997年）及張默編的《小詩、床頭書》（爾雅出版社，2007年）等，可見小詩是頗受大家歡迎的。然而詩的受人喜愛及青睞是有它的原因，首先從詩的體式說起，既然是小詩，當然它與長詩有一定的不同，小詩的體式要短小且行數不多，能將詩境妥切的捕捉，意象豐富緊密，且要達到言有盡而意無窮，讀後讓人有深刻的印象及美感上的融合。

　　其實小詩的書寫，除了前面所提及的在文字及詩境的獨到外，還有就是詩本身的意境了，詩情雋永、詩語靈巧方能引起讀者的共鳴，這就是小詩的魅力所在。詩是最精美的文學，所以荀子就曾說過：「言語之美，穆穆皇皇。」（〈大略篇〉）又英美著名詩人兼文藝批評家艾略特也說：「文學家的工作是和語文及意義之艱苦的纏鬥。」（參見劉文潭《現代美學》，臺灣商務印書館，民國六十一年，1972年，頁104）所以當詩人在構築一首詩時，在語言的創造及思索上可說竭盡才思地鑄造新語，以達到架構上意象密度或深度的美學層次。

## 三　小詩的美學書寫

　　在前面已提及白話詩演進到後來現代詩的過程，詩歌的內容體裁已較過去繁雜多元，題型上也相當的廣博，再加上社會自由開放，人與人之間的交際活絡，且文化交流比從前頻繁了許多，這在在都拓展了新詩在體裁及架構上的寬度及廣度。傳統的詩類寫作，或山水田園，或曲水流觴，或抒情言志等互答酬唱式的方式已漸退位，替換上

來的是以美學象徵、都市型態，或科學類型的主題，尤其是在60、70年代，臺灣新詩可謂百家爭鳴，80、90年代更呈現出對於自我定位的尋求和努力。

在這裡若就現代詩中的小詩創作這塊來看，小詩似乎不是大家關注的主題，但就小詩的創作量而言，卻十分的可觀，而且也有不少小詩選集的出版，在現代新詩世界裡，它也漸漸佔有了不可小覷的一席之地！

所謂小詩，在意象的捕捉、修辭的精鍊、詩情的理趣、詩味的玄遠，這些應該說是小詩書寫時的幾個要點，這些書寫格式頗似明代謝榛提到的：「詩乃摹寫情境之句，情融乎內而深且長，景耀乎外而遠且大。」（《四溟詩話》）若具體來講，含蓄方式有所謂的「情中景」和「景中情」兩種情形來區分，再而對詩歌的抒情方法，梁啟超也曾經提及「迴蕩」、「奔迸」及「含蓄蘊藉」的區分，然甚麼是「迴蕩」、「奔迸」的表情方法呢？他說就如同「有光芒的火焰」，而「含蓄蘊藉」的表情法則是「拿灰蓋著的爐炭」（參閱〈中國韻文裡頭所表現的情感〉一文），關於「含蓄」，或許它只是一種狹隘的理解，其實它應該是一種書寫體式或風格，這種風格也包括了所謂的「味深」、「體清」、「調遠」及「辭隱」等概念（參考劉勰《文心雕龍》〈體性篇〉），這些理解雖然屬於傳統詩歌方面的理論，但是它的精神是頗適合現代詩的詮釋與運用。

一首精緻的小詩在表達的技巧上，不僅要精審，同時還要詩趣的深邃，其次還有就是內容上的內省及語言上的內省，也就是要鎔煉情意、裁剪文辭，避免落入散文式的文語表達，這樣才能給人感受到詩意深刻、情境高渺。

## 四 小詩的舉例與詮釋

在分析或詮釋一篇文章，或一首詩歌時，由於不同的立場、或角度、或觀點、或態度、或心情等因素，所以往往會產生不同的評價及看法，我們曾經聽說「詩無達詁」這樣的話，它雖然是對理解傳統詩歌而言，但是在今天我們閱讀現代詩時，同樣的也要深察其中的思想或意象表達，或詩的語言美感，且更要透過綜合性的理解，才能明白詩中含蓄的意義。在這裡我們選擇了一些三行、五行及七行式小詩來分析，詮釋其中的詩情內容。

（一）三行式小詩

### 1. 羊子喬〈白鷺鷥〉

風車不願鹽田留言／白鷺鷥磨亮了閒愁／以縮的單腳練習孤獨和寂寞

（選自《這是春天為我們開門的時候》詩集，臺笠出版社，1995年）

### 2. 楊澤〈夜歸〉

臺北的夜歸人：如果你在黑黝無夢的騎樓下踢到我／莫用懷疑，那醉倒在地的正是我

（選自《二十世紀臺灣詩選》，麥田出版，2001年）

### 3. 王爾碑〈峨嵋雲瀑〉

白色的大笑／淹沒一切／最後，留下大山那隻眼睛

（選自《影子》詩集，四川民族出版社，1994年）

## ※分析與詮釋

　　第一首〈白鷺鷥〉，作者以在農村或稻田中最常見的白鷺鷥為詩的表達內容及題材，這是十分親切的，同時也說出了它的獨特性，然而相對鹽田中的風車也是孤單的，因而也成了兩者間的平衡對比，再而白鷺鷥單腳練習的孤獨和寂寞，也象徵和隱含了詩人心中對人間難耐的孤寂情懷的表述。第二首是楊澤的〈夜歸〉，詩人對夜歸人的細膩觀察，由於都市生活應酬往往到午夜方才回家，甚而醉倒在窄暗的樓梯間，也常發生被人不經心踢到的意外，其實這是詩人自己的素描，詩語中溢滿了夜歸生活者的真實與妙趣！第三首〈峨嵋雲瀑〉是王爾碑的小詩，他以自然景物為主題，內容含蓄深刻，在動與靜之間，呈現一種山景雲氣的幻變，一切都擬人化了，詩語十分靈巧生動，那雲瀑最後成為了山下的一池湖水，現實終然還是現實，然而最能洞察人間變幻的不是甚麼，而是那隻最真實深邃的眼睛，詩人構想周密，由虛到實，詩境頗富幻化生動之美。

## （二）五行式小詩

### 1. 謝輝煌〈黃葉〉

　　黃葉在空庭尋覓／尋覓雙雙看月的足跡／梧桐老人／總無力聽見／滿地窸窸窣窣的歎息

　　（選自香港《詩雙月刊》第35期，1997年）

### 2. 謝佳樺〈千秋〉

　　摺開時間的繩索／一端繫往前世／一端綁在來生／盪它一世的／葷葷素素

　　（選自《臺灣日報》副刊，1990年8月10日）

### 3. 楊寒〈雨林〉

　　我的肺是一座小小的雨林／因為愛你，／而日漸萎縮，以致／

整個世界都 / 不能呼吸。

（選自《與詩對望》，創世紀詩社，2003 年）

## ※ 分析與詮釋

　　五行的小詩，在詩的構築上不但要凝鍊，更要意象深刻。在第一首〈黃葉〉，詩的主題是在傷感青春的流逝，第一句與第二句採用了修辭學上的頂真格寫法，表達了一種生命過程的連續，而「黃葉」已擬人化，突顯了在颼颼的秋風中人也多愁起來了，全詩充滿了年華老去，晚景冷清的愁緒，至於第二首〈千秋〉在內容及語言方面都注意到精省的原則，繩索的一端繫住前世，另一端繫在來生，人的一生彷彿就如來去盪著的鞦韆，在時間的川流中消失了。第三首〈雨林〉，這是一首情詩，詩人以最精鍊的詩語，表達了對戀人的愛，從第一句「我的肺是一座小小的雨林」到末了的「不能呼吸」詩的節奏的確相當緊密，在愛的吐納之間幾乎可以聽到他們的呼吸！

## （三）七行式小詩

### 1. 羅英〈鏡子〉

從不曾叛逆過她的 / 鏡子 / 夜忽然化作 / 池塘 / 盛滿她眼睛內之 / 盈盈的 / 星光

（選自《二分之一的喜悅》詩集，九歌出版社，1987 年）

### 2. 徐望雲〈即景〉

稻田裡的煙薰 / 浮動著 / 午后 / 殘碎的鳥聲 / 淺淺地 / 讓盈耳的牛鈴鐺晃過 / 黃昏便如此被拖得更長更長了

（選自《可愛小詩選》，爾雅出版社，1997 年）

### 3. 方群〈常春藤〉

攀過來 / 附過去 / 處處都是春天 / 辦公桌上 / 我小聲的告訴你

　　　／這就是永遠不老的／祕密

　　（選自《可愛小詩選》，爾雅出版社，1997年）

## ※分析與詮釋

　　七行小詩一般來講在寫作的量上比較多，從早期的劉大白、覃子豪等人也都有創作，在這裡例舉第一首是〈鏡子〉，作者羅英以鏡子為詩材，從最親暱到忽然化作池塘的意外，在這意外當中，當然也隱藏了詩人訴不盡的心事點滴，十分耐人尋味。第二首〈即景〉，詩人以自然的筆觸寫出了午後黃昏殘碎的鳥聲及盈耳的牛鈴，鄉野靜謐的暮色瞬間鎖住了額間眉宇，而第三首是〈常春藤〉，作者方羣，本名林于弘，他著有詩集《進化原理》，這首以植物之名為題，全詩意象簡鍊，詩語巧捷，寄意深刻，尤其是第五句中的「小聲的告訴你」，更把「常春藤」不老的祕密表達得淋漓盡致！

## 五　結語

　　探討小詩的內容及在書寫上的美學性格，從眾多的詩人作品中，我們爬梳及擇選了一些小詩作品加以詮釋，覓察詩人對小詩在意境上之捕捉，以及如何在語言和內容上的內省功力技巧，就事實而言，要在極簡鍊的文字行數中表達一個鮮明的意象或主題，的確是要有相當敏銳的詩感才慧，否則是很難將小詩的精緻性格表達得透徹完美，小詩體型雖小，但它可說如同藝術品中的精品一樣，給人感受到氣韻生動，美感無限。

# 以隨緣筆觸，鋪寫世相
## ——讀佛禪散文《夢回天臺遠》

一

　　中國古典散文在清朝以前就已經發展得相當成熟，雖然如此，但在文體定義上卻尚未有明顯的區分，一直到五四新文學運動以後，白話散文才逐漸有了較完整的形式及文類區別，脫離舊有的規範格式，明確地劃分出了散文的特質，這才有所謂「文學的散文」概念的建立，並與「詩歌文學」相對，於是散文的定義開始有了界定，其性質內容也縮小到文學的範疇中，至於「散文」的定義如果說，這或可舉作家葛琴的看法，她認為：「散文不同於詩的地方，不僅在形式上較為廣泛，同時在內容上也不採用虛構的題材，散文往往是作者對真實的事件、人物以及四周環境或自然景色所抒發的感情與思想的記錄，是一種比較素淨、小巧的文學形式，其次，散文是以抒發思想與感情為主，對故事的描述並不重要，這一點不同於速寫或報告，再而散文中間雖也可以發揮一些議論，但都並不以議論為主，詩的感情是其重要的因素。」（〈略談散文——散文選序〉，刊於一九四二年《文學評論》創刊號）在這段文字中，我們可以瞭解散文與雜文、詩、速寫及報告等不同文類的內容性質，做了明白界定和區別。

　　然而臺灣現代散文發展到九十年代以後，由於整個文學生態環境
有了新的改變，人們的價值觀與心理認知和過去已有所不同，個人的
求知欲不斷地提升，對社會的要求趨向積極，一種工商型的競爭現象
於是便自然形成，當身處在如此不斷地擠壓的現實環境下，的確不易
排除抑鬱心緒的產生，為了紓解這種無形的壓力，然就文學發展現象
來說，從過去的說理、抒情、記敘等文章體式已無法滿足一般人的閱
讀訴求，所以便有了不同體式的散文類型的產生，其中猶如山林、環
保、都市、旅遊、運動、女性、族群或佛理等的出現，其實這些散文
類型的主要表述，我們或者可以這樣說，它主要的訴求是離不開在於
心靈釋放與滿足個人自我的精神調化。

二

　　臺灣現代散文，這些年來在寫作內容及技巧方面，的確有相當大
的不同，大部分的作品可說是跨越了舊有的框架而自闢蹊徑，風格獨
特新穎。就一般情形來看，其中以汲取佛經、禪意而融入散文中者，
尤受人注目，例如最近由九歌出版釋永芸的《夢回天臺遠》，就是一
本屬於佛理散文，全書共收散文作品二十九篇，每篇作品內容都以日
常生活所見所聞為主，作者以隨緣式的水雲筆觸寫作，文字淺明清
暢，在字裡行間常穿插一些佛禪中的哲理或故事，不著痕跡地鋪綴其
間，讓人讀後並不會有說教的感覺，比如〈天女散花的聯想〉：

　　……多年來，有人知我愛花、惜花，就常送花，尤其是向日
　　葵。令我不得不在向日葵的花海中練功，以莊嚴我未來的佛
　　國，事實上，這都只是一種象徵、隱喻。像經典中「雨無量種
　　種微妙華香，於虛空中如雲而下」，相信有看過飄雪的人就能

瞭解這句話就是雪花片片的美景。「頂受佛教如花鬘」，佛教
就是天地間最美的花。而在佛教裡最常被提到的就是蓮花。

作者以平日所見的花類中的向日葵而引申到佛典中有關妙華香、
花鬘或蓮花的聯想，這些給人的就是一種香潔、純美和自然的歡喜氣
氛，漸漸的自心扉漫開，滌除了無限的煩勞塵垢！

除外，作者在文集中所表達的靈思是如此的輕巧纖細、清靜祥
和，在讀完每篇作品時，明顯的給人感覺到她的構思設意、章法格局
卻與時下一般通俗的散文型式有極大的迴異，作品內容其實是作者在
寫其目之所寓、耳之所聞，及心中所想的點滴體悟，這些都帶給讀者
深刻的人生啟示，如〈跑香的思維〉：

> ……山居的日子，讓我想起梭羅的《湖濱散記》，想到《風中
> 奇緣》裡大自然的擬人化。所謂：小鳥枝頭亦朋友，落花流水
> 皆文章。此時，不禁欣羨並能體會蘇東坡、王維、陶淵明這些
> 文人雖被謫放山林，卻能轉換心境，寫出「行到水窮處，坐看
> 雲起時」，「溪聲盡是廣長舌，山色無非清淨身」及「歸去來
> 兮」。………
> ……人生苦短，譬如朝露，把握當下，剎那即永恆。……

藉由文字，作者深刻地寫出了人事間的各種變化，在這種無常與挫折
中，有些人因而消極，有些人則轉換心境，作者娓娓行文，寫出了自
然與人生的現實世相。又如〈心的四季〉：

> 一場雪、一陣雨，幾次的交替之後，原來的枯枝都冒出了芽，
> 屋前的迎春花一下子就盛開了，草地上也多出了各色小花，沒

多久路旁的枯樹也已嫩綠成林……從白天到黑夜，從夏末秋初
到寒冬，如今，真是「春在枝頭已十分」。
我觀照到樹木一期的生命變化，不禁想到人生的生、老、病、
死；月亮的陰、晴、圓、缺；有情大地的成、住、壞、空；自
有定律。我們在這些輪迴過程，心境的變化，不也生生死死、
死死生生嗎？……

我們知道簡潔、自然樸實的語言，對散文來說應該是一種美，而這種
真誠純然的美應該就是散文的主要特質，當然也是作家們想追求的境
界。《夢回天臺遠》一書的作者掌握了這一點，同時更將散文的內容
伸展到心靈深層的關照，對大自然的恩賜中歡喜的讚嘆，或匯合佛禪
哲理釋說因緣生滅，構思內容的確突破了舊有模式，這或許可說是臺
灣現代散文書寫的另一新走向。作者由於自己薰習的方便而透過她那
靈性的筆觸，鋪寫世間眾相，書中點點滴滴，它不是甚麼，而是一圈
圈悲憫的漣漪！

# 鳥族與人界
## ──我讀《鳥奴》

## 前言

　　《鳥奴》是一本以動物為主題的少年小說，著者是沈石溪先生，他深入動物世界中，細心觀察，將蛇雕和鷯哥之間共生共棲的關係詳細地記錄下來，在他探察的過程中發生了一些令人感到十分有趣且曲折的事情，在平時我們較少去注意，在鳥類的世界中也存在著猶如人世間的某些競爭或壓力，例如汰劣留良或繁衍後代的生存技巧等，又像某些動物為了瞞過天敵的注意，會不斷地改變自己身上的顏色，以達到與所處的環境顏色相一致，甚至有一些還會設計陷阱，以讓一些粗心大意的小動物或昆蟲上當受騙等等，然而，或許我們從現實的人世間的競爭觀點，轉移到這些形形色色的動物或自然界去探察的話，這些生存藝術，的確也給我們不少意想之外的感觸和驚歎！

## 一　受惠與施惠

　　在這本《鳥奴》小說中，著者共分十個小節來敘寫蛇雕與鷯哥之間的活動，以及牠們共棲的關係。著者為了探察蛇雕的一舉一動，特地由藏族嚮導帶領深入半山腰靠近蛇雕棲息大青樹的鳥巢附近作近距

離的觀察，在山腰處著者找到了一個安全可以棲身的石坑，就這樣不時地細察這對蛇雕平時的出外覓食、產卵、孵化寶貝蛋，甚至著者被蛇雕察覺而有意攻擊到和平相安無事的情形，在此或許我們要問為什麼蛇雕不會受驚嚇棄巢而去呢？對此著者告訴了我們，由於他瞭解鳥的習性，當雌鳥孵卵時，即使周圍有異常動靜；但是不到萬不得已，是不會離巢攻擊的，再而對雌鳥而言，牠的任務就是要守護好自己正在孵化的寶貝蛋，其反應是用連續的鳴叫聲召喚雄鳥飛回救助。鳥類在家庭任務的分擔上也是內外有別，各司其職，十分清楚。

除此之外，著者在這次探察蛇雕生態過程中曾有一大發現，那就是屬於雀形目椋鳥科的鷯哥也同棲在同一棵大青樹上，蛇雕本為嗜食蛇類的，如果無蛇可食時，也兼食其他小型鳥獸，而鷯哥也是被列入蛇雕的食譜中的一種，在吃與被吃兩者間的關係上，著者告訴了我們有關牠們之間的秘密，由於著者以一種輕鬆靈活的文字描述所見，鳥類生態、性情，乃至於兩種鳥類在個性上的相異，何以能共生共棲？如果要共生共棲則必須符合某些原則，例如：第一、雙方在共同的生活中，各自都能從對方身上獲得利益；其次，雙方一旦分離，都會造成生存意義上的麻煩；再而就是雙方因為互相需要而不會發生爭鬥或殘殺等等。當然，著者是動物行為學家，對這些鳥類的生態關係都有極深入的觀察與分析。這些觀察和發現，雖經著者以實錄性的文字描寫，然也不失靈活的鋪設表達技巧與起伏生動的情節，讀來十分的引人入勝。

再而著者在小說中還告訴我們不少有關禽類世界中互相依靠生存的知識與證據，雖然有些是共生共棲的，但是著者在詳察蛇雕與鷯哥之間的平日活動後，他提出了另一種看法，那就是所謂的單惠共棲現象，而在蛇雕和鷯哥兩者間來說，這種現象又不很明顯，因為經他多時的觀探，並沒發現那對鷯哥幫助兩隻蛇雕做了些什麼？然就自然界

而言，除了互惠互利之外，還有另一種所謂的變相的共棲關係，這點
著者也詮釋了看法，他說：「所謂單惠共棲，就是共棲的雙方，只有
一方能獲得生存利益，另一方只是無償奉獻，得不到任何實惠」。著
者舉了不少例子來說明這個道理，由此可見，著者對動物界的生存活
動，受惠與施惠的關係方面都有極深入的觀察，就前面的探析，於
是，著者作了判定，蛇雕與鷯哥的關係很難符合單惠共棲的條件，為
什麼呢？因為鷯哥在面臨蛇害得到蛇雕免費保護時，同時也懼怕蛇雕
加害自己。再而鷯哥是屬弱小的鳴禽，蛇雕則是強大的猛禽，在動物
的交往全都出於利己的目的，當然不能設想，生性兇猛的蛇雕會因同
情憐憫鷯哥而同意和鷯哥共棲等等。

　　然而在此不免叫人感到納悶？這兩種生性不同的鳥類共棲在一棵
大青樹上，其原因到底是為何？後來，著者又發現，自從蛇雕和鷯哥
相繼孵出雛雕和小鷯哥後，彼此都為覓找食物忙碌，但是蛇雕似乎不
善於清理自己的窩巢，每當一對蛇雕不在巢時，而鷯哥就會自動地前
去替幼雛清理巢裡的排泄物，好像不支付工資的保母似的。其實不
然，首先鷯哥選擇築巢於蛇雕附近，主要是為了防毒蛇的侵襲或吞食
卵蛋而滅其後代，其次至於鷯哥替蛇雕清理窩巢，牠們並非出於心甘
情願，而是一種無奈的選擇，目的主要是為了達到庇護。若依著者的
分析和觀察，大青樹上的鷯哥與蛇雕之間應該不能算是單惠共棲，牠
們完全是出於互惠的。但是不管怎樣，著者還指出，如果說牠們是共
生共棲的關係的話，而這種共生共棲的關係似乎並不怎麼讓人覺得純
正。

## 二　誤會與錯殺

　　著者對鷯哥和蛇雕之間的互惠活動，以及雛鳥的保護都作了細膩

的描述，並且掌握了蛇雕及鷯哥在每一個動作和表現上的變化。在禽鳥的生活方面可以說是複雜的，有時平和、驚險、殘忍、甚或有時各懷鬼胎、互為防範、互相計算等等，真是讓讀者大開眼界。

雖然如此，可是在著者認為，鷯哥和蛇雕之間不可判定為共生共棲，也不能算是單惠共棲，而應該是屬於一種罕見的假性共棲關係，對於所謂的假共棲，在大自然不同的物種間是可以發現的，著者舉出了郊狼和狗獾為例：兩獸一屬善挖洞，一則不會鑽洞，所以常互相狩獵，若一遇鼠兔則互助追擊，故輕易捕獲，然而關於假性共棲方面也有些基本原則，例如：（一）共棲的雙方都能從對方身上獲得生存的利益。（二）雙方都有獵食對方的企圖，但是力量相對均衡，誰也不能保證在互相搏殺中取勝，就產生了制約的作用，誰也不敢貿然攻擊對方，保持著一種有條件的和平。（三）一旦有一方年老體衰或生病受傷，力量均衡被打破，另一方將毫不遲疑的即刻發起攻擊等。可是經著者觀察後分析看來，在大青樹上的鷯哥和蛇雕都和以上所說的三個原則頗有出入，也就是說，這對鷯哥和兩隻蛇雕都不具屬於假性共棲的關係而同住在一棵大青樹上的。

自從有一次，小鷯哥險些被雌蛇雕獵食的事件發生後，於是鷯哥家族對蛇雕在態度上就顯得更加謙恭，甚至可說到了卑躬屈膝的地步，當然這是著者對這群鳥族在行動上靜觀後所作的動人且細微的描寫！在這裡著者還告訴我們，就其認識而言，鷯哥之所以忠誠老實、盡心盡責地甘願獻出一切，必有其用意；再說在動物之間，超越血緣關係的利他主義行為是很少見的，且發生在動物身上的貌似利他主義行為的背後，都隱藏著利己主義的真實面目，果然沒錯，鷯哥之所以忍氣吞聲，忍辱負重主要是讓幼雕平平安安地活下去，而鷯哥家族也才能安然地活存下來，免遭慘殺。

然而事情的發展並非如一般想像的平和，一天，由於雄雌蛇雕雙

雙外出覓食，而兩隻巢中的小蛇雕因細故而爭吵，遠在一方的鷯哥出於善意前往勸架，不料幼雕因不慎而跌落谷底，造成雌蛇雕的誤會，最後釀成一場四隻小鷯哥慘遭雌蛇雕的毒殺事件，這真是叫人憐憫與同情，其實這場悲劇是一場冤案，也是一場錯殺。

## 三　奴僕與主子

當這場悲劇發生後，兩隻鷯哥只好逃跑，幸運地躲到石坑底處，才免被虐殺，而關於這事件發生的原委著者是目擊者，證實兩隻幼雕從樹上摔下來都是由於牠們太淘氣、惡劣、野蠻所造成，如果怪罪這對鷯哥是沒有道理的。為了拯救鷯哥，著者用採集植物樣本的小布袋，把兩隻鷯哥安放在袋中，準備帶離避免蛇雕的猖狂攻擊。

在驚險之餘，著者在密不透風的灌木叢下發現了兩隻幼雕，牠們只是受了些皮羽之傷，隨之著者將兩隻幼雕送回大青樹雕巢後，這才平息了一場狂暴的復仇，而兩隻鷯哥也可自由自在，出入於起伏的叢林之間！

歷經這場血腥錯殺事件後，鷯哥理應遠離此傷心地，或另覓住處，可是沒想到，鷯哥還要回到大青樹來築窩巢，還要賴在這裡和兇猛的蛇雕為鄰，且還不時的去清理雕巢和照看幼雕等。所以從前面的相待及虐殺事件的發生等情形看來，應該可更清楚的判定，牠們之間既不是傳統意義上的共生共棲，也非屬於單惠共棲，更不是什麼假性共棲，而應是一種自然界十分少見的類似奴僕與主子的關係。

《鳥奴》這篇小說，其中著者不僅描述及分析鳥類的生活習性，或生存本能，他也告訴了我們一些自然界中罕為人知的事情，例如像鷯哥這個物種，雖然牠們很有模仿的天份，智商高，善鳴叫，但是對於權力意志卻很微弱，最多只能擺布蚜蟲、螞蟻、蟋蟀、地狗子等類

低級昆蟲，然而如果想要改變那些弱肉強食的嚴酷現實，那是不可能的事情，於是面對一切遭遇或悲痛，也只有深深的嘆息了！

　　而至於像蛇雕，在鳥獸中是屬於猛禽，常濫殺無辜，且在這世界中這種現象屢見不鮮，如狼捕羊、虎抓鹿、狐狸捉雞、土匪綁票、強盜越貨等等，無辜的生命常受到傷害及踐踏，故而不管如何，首先必須懂得自保及生存的藝術，否則最後留下來的將是一串痛苦的符號！

## 結語

　　這篇以動物為題材所寫的小說，著者詮釋了有關共生共棲的各種形式，再而表達了在動物界需要生存的藝術，同樣，在人類社會中也存在著競爭的壓力，適者生存的支配，那更需要高度的生存技巧與藝術。當讀完這篇小說後，的確是給人留下深刻的印象和耐人尋味的道理！

# 日本中國現當代文學研究掃描

## 前言

日本學術界早期對中國現當代文學方面的研究比較冷淡，大部分都偏向於傳統古典文學方面，可是在近些年來則有很大的轉變，在大學（指專攻中國文學）裡的年輕學者日漸增多，且多能以流暢的中國語發表論說，其次在一般共通課程選修中國語文的學生也較以往來得普遍熱絡。當然這當中主要是受到了整個社會環境的轉型及國際等現實趨勢的影響，因此也可見當一種文學風氣的興起或受注目，它與民眾的生活、社會的需要及文學本身的遷化是有著不可分的關係。

## 一

當談到「現代文學」時，在一般的概念中都認為是從一九一〇年「五四新文化運動」到一九四九年中華人民共和國成立前的這段期間的文學興革發展，但在日本學界則把這段文學稱之為「近代文學」。雖然兩國間對這段期間的文學稱謂有所不同，但所探討的文學內容則是一樣的。而有關這時期的文學歷史發展情形，在日本已有學者發表研究論著，其中例如吉田富夫的《中國現代文學史》（朋友書店出版），它雖是一部屬於文學教養課程方面的教科書，然架構則相當周

全，主要從中國文學的特色切入談起，強調了文學是富有「社會責任」（即「救國」和「啟蒙」）的意識功能，接著列舉了「寫實主義」（Realism）的表現技巧與手法，接而談到「新文學的誕生」、「三〇年代的左翼文學」、「抗日戰爭時期的文學」及「解放區文學」等幾個不同的文學動態內涵，且在書末附有入門參考和作家年譜。其次是京都大學教授竹內實所寫的《現代中國文學──展開與論理》（研究社出版，一九七二年），此書內容主要是在敘述魯迅以後的各種批判運動發展情形，如胡風批判、丁玲批判、人民公社史，再到短篇小說的展開與論理，向李准《李雙雙小傳》等，在書後附有中國文學年表，年表的內容包括評論、論爭、討論大會、刊物發行、作品及當時發生事項等，十分詳細。又竹內實與荻野脩二合編了《中國文學最新事情》一書（The simul Press出版，一九八七年），其實這本書的內容是由五位大學教授分別從三個範疇。（一）在政治的奔流中（以一九五七年以後持續與政治苦鬥的作家為中心），（二）醒目的新感性（以人道主義和現代主義而開啟作家的豐富情感），（三）街角的耳語（以描寫一般民眾群像的作家作品為主），撰寫十五篇中國現代作家作品的論析文章，在本書的結尾有竹內實的總編性文章，題名為〈「轉型期」的精神──「墮落論」與「情欲論」〉作結。

而後是藤井省三在一九九一年出版了《中國文學這百年》（新潮選書），其內容屬單篇性質的作家論評文章，所論及的作家包括老舍、茅盾、巴金、柏楊、沈從文、林語堂、張愛玲、錢鍾書、趙樹理、馮驥才、王蒙、阿城、北島、劉再復、李昂、李雙澤及鄭義等人。其次藤井在六年後與大木康合著《新中國文學史──從近世到現代》（Minerva書房出版），全書共分兩部分，前部分三章，概說元、明、清的史學；後部分為七章，介紹近現代的中國文學（第一章　清末文學、第二章　中華民國期（其一）──有關五四時期近代文學的

成長、第三章　中國民國期（其二）──狂熱的三〇年代或文學黃金時代、第四章　中國民國期（其三）──共和國興亡與文學的成熟、第五章　人民共和國期（其一）──從建國到文化大革命、第六章　人民共和國（其二）──鄧小平時代的文藝復興、第七章　步入臺灣文學：1. 美麗島的五百年史、2. 百年的臺灣文學、3. 某女性作家的都市遍遊），除以上所述及有關文學史的出版外，第一集收錄了名作十五篇，第二篇則選譯了部分在文學史上被忽略的作家作品十六篇，而這在日本可說是首次出版刊行。第三集收錄了十六篇女性作家的作品，據悉此集將於近期內出版發行，於是從這兒便可看出中國新文學在日本學界已漸發展成一股研究的新氣流。

二

　　至於「當代文學」，其實在日本一般所指的是大陸文化大革命結束後的文學。在中國大陸則稱之為「新時期文學」。有關這方面的論著有荻野脩二的《中國文學的改革開放──現代小說素描》（朋友書店出版），此書的構成內容為第一章從「人民文學」的成立到「新時期文學」概括性敘述，第二章則總說從一九八二年到一九九五年之間年度別的主要小說，第三章則剖析一九九六年當時的文壇現狀。又荻野於一九九五年出版了《中國「新時期文學」論考──思想解放的作家群──》（關西大學出版部），全書分三章：第一章「新時期文學」──作家與表現、第二章作家群──葛藤與動向、第三章書評及其他。此外堀黎美則從另一角度出版了《現代中國文學的女性們》（風響社），該書主要從「新時期文學」中篩選了以女性為重心的作品十篇，由作品內涵中顯現出中國人獨特的生活及社會實相，每篇作品末了均有詳細的介紹及解說。除了以上所舉二書外，其他上有藤井省三

編了《現代中國短篇集》（平凡出版，一九九八年），集中選錄了大陸莫言、格非的短篇，余華、韓少功的中篇，還有臺灣李昂的短篇以及諾貝爾獎得主高行健的戲劇〈逃亡〉一篇。在書後附有編者的解說文章──〈鄧小平時代＝文藝復興期的中國文學〉，這篇附文開始分析了從毛澤東體制到鄧小平時期的改變，文學、藝術及學術開始飛躍與再生，之後是編者針對以上所選的各篇的作者及作品在內容背景上做簡介。

再而有關系列性的選書方面，種類甚多，其中最完整者則是德間書店出版的《現代中國文學選集》，這系列自一九八七年始及選刊王蒙、古華、史鐵生、賈平凹、張辛欣、莫言、王安憶、阿城、陸文夫、劉心武、茹志鵑、及遇羅錦等全套共十二卷。在類似以上系列性的選書，尚有《發現與冒險的中國文學》（Jlcc出版），書中除選收了鄭義、莫言及「地下文學」、「少數民族文學」、「臺灣文學」等各一冊，並外加巴金、茅盾、及張愛玲等三人的小說。其次由牧田英二編《新中國文學》（早稻田大學出版），系列地分別選了陳建功、烏熱爾圖、崔紅一、張承志、池莉及朱曉平等人的作品集。又同屬文選集的《現代中國的小說》（新潮社出版），則選擇了格非、劉索拉、梁曉聲、外加臺灣老牌作家林海音的小說。

在一九八九年牧田英二又出版了《中國邊境文學──少數民族作家與作品》（同學社出版），全書共訪問了二十六位少數民族作家，並分析其作品和瞭解他們的寫作經驗，據考察類似對中國少數民族文藝作家採訪及作實錄性的報導研究者，在日本這應算是第一部。之外，在此必須一提的是由蒼蒼社出版的《中國小說季刊》雜誌，該刊在內容上頗富多樣及時代性，自一九八七年創刊以來，對「新時期文學」作品之翻譯與介紹不遺餘力，到目前已發行了五十四期，且選載了上百位作家，約兩百篇以上的作品，其對中國現代小說作品在日本

學界的推介貢獻可謂不小！

三

　　關於現代詩與話劇方面，首要提及的是秋吉久紀夫編譯的《精
選中國現代詩集》（土曜美術社出版），書中所選的詩作品，從
一九一九年到一九九三年，共選收了一百五十篇各流派的詩人作品，
書末附有關於近期內的文壇發展解說文字，又悉收該社擬定繼續出版
由秋吉教授篩選迻譯各詩人的詩集。

　　再而由財部鳥子、是永駿、淺見洋二編譯的《現代中國詩集　中
國‧霧——中國朦朧詩集》（思潮社出版），該書正如附題所指，中
國現代詩如霧境般，在一九七○年末地下雜誌《今天》所收集所謂的
「朦朧詩」（其實它是由於保守派對其難解，方才提出此命名）。在該
詩選集附錄了從現代詩誕生到「朦朧詩」之歷史詮釋，有關詩人作品
的評論，《今天》詩刊動態及其意義之考察，這些資料對讀者擬想進
一步瞭解什麼是「朦朧派」詩而言應該是一大方便！現代中國詩人集
的出版，除前所介紹者外，其他尚有：

（一）是永駿譯《北島詩集》（世界現代詩人文庫13土曜美術
　　　社，一九八八年）
（二）佐佐木久春譯《現代中國詩集》（世界現代詩文庫17土曜
　　　美術社，一九九○年）
（三）財部鳥子、穆廣菊譯《億萬閃耀太陽——中國現代詩集》
　　　（書肆山田，一九八八年）
（四）是永駿譯《芒克詩集》（書肆山田，一九九○年）
（五）刈間文俊、白井啟介、白水紀子及代田智明共編譯《現代

中國文藝選集──火種》（凱風社，一九八九年）

中國現代詩的相關研究論者約略如上；然至於中國話劇的研究則似嫌偏弱，目前所見有：瀨戶宏著的《中國演劇的二十世紀──中國話劇史概況》（東方書店出版），這是一部對「話劇」作通史概說性質的論著，全書共分十章，末章為九〇年代的最新資訊，又在附錄文章中概括式地分析了臺灣、香港、澳門的話劇活動情況，在資料蒐集上極為充實齊備。其他則有「新時期話劇」，已出版至第三集《中國現代劇曲集》（晚成書房出版），每集都分別地收錄了一篇高行健的戲劇作品。

## 四

在中國現當代文學研究的領域中，除前面所提及者外，然在日本有關「臺灣文學」的研究也相當受重視，比如岡崎郁子著有《臺灣文學──異端的系譜》（田田書店出版）、下村作次郎著《以文學談臺灣──支配者、言語、作家們》（田田書店出版），同樣由下村作次郎、中島利郎、藤井省三和黃英哲編《復活臺灣文學──日本統治期的作家與作品》（東方書店出版），收集臺灣清華大學主辦學術會論文，含日、美、臺學者的論文二十篇。

又最近研文社出版四本有關臺灣研究的專書和小說、如：

（一）由中島利郎、澤井律之共譯葉石濤的《臺灣文學史》

（二）河原功的《臺灣新文學運動的展開──與日本文學的接點──》（一九九七年），（該書分為三部分：Ⅰ由日本文學看臺灣、Ⅱ臺灣文學史、Ⅲ臺灣與日本）

（三）由陳逸雄編譯《臺灣抗日小說選》。

（四）從一九八六開始由松永正義等人負責翻譯《臺灣現代小說Ⅰ～Ⅵ》。

接著藤井省三近著《臺灣文學這百年》（東方書店出版），本書的重點包括臺灣文學通史、作家作品論、隨筆書評三部分。其次，目前正刊行的《新臺灣文學》（國書刊會出版）則收錄了臺灣主要作家的作品，包括白先勇、陳映真、黃春明、李昂、張大春及朱天心等。再而又如吳錦發編、下村作次郎監譯的《悲情的山地——臺灣原住民小說選》（田田書店出版）及中島利郎、黃英哲合編的《周金波日本語集》（綠蔭書房出版），細談其中各不同作家的作品時，無不令人感受在彼等所表現出來的文學內涵中，有關臺灣文學的歷史、語言及民族思想等方面的複雜性！

## 結語

從日本大學對中國現代語文課程的增設及學術界的廣泛關注與努力，以及出版界多元化地選譯刊行作家個人的創作集、各類文選及學者們的相關專題論著等情形看來，我們可以說，日本除了傳統文學（古典漢學）研究者外，而現當代文學的研究將成為年輕學者產生研探的新領域。

## 追記

由臺北文建會與日本國書刊行會合作翻譯的現代文學系列，繼《臺北故事》、《迷園》、《古都》等書日文版刊行之後，又於2002年六月底完成一部短篇小說集，《從鹿港來的男子》日譯，收錄了臺灣六〇、七〇年代鄉土文學作品，包括黃春明的《鑼》、宋澤萊的《抗暴的打貓市》、王禎和的《香格里拉》、《從鹿港來的男子》（原名《嫁妝一牛車》）這本書是由日本愛知大學現代中國文學部黃英哲副教授及藤井省三、山口守教授擔任編輯委員。

# 後記

　　回想起大學唸書時，每天出入於有紅樓之稱的師大校園，校內的建築物就只見疏落的幾棟樸實無華地兀自屹立著。文學院旁的椰子樹，瘦瘦長長群立在人行道旁，而學子們平日穿梭其間，編織著自己的理想，追求著一己的使命，或彩繪、或飛揚，總希望在學習中積力貯寶，由繭化蝶，超越自我。

　　時間驚我，不覺匆匆已過數十載韶華，自己在教學及出國進修研究，識見與襟懷稍有增進，隨手剳記之，也積存了許多心得。現在從中選錄了一些性質相近的篇章，彙編成二輯，內容包括了古典與現代方面的詩文論述，這些文字有的是發表於文學刊物，有的則是研討會的論文，篇名臚列於後：

## 輯一

一　張衡〈兩京賦〉探析　《孔孟月刊》　第32卷第12期（總384期）　1994年

二　袁枚的思想與文學觀　《中華文化復興月刊》　第22卷第6期（總255期）　1989年

三　試論歸震川的文章風格　《古典文學》　第9集　1987年

四　李綠園及其小說《歧路燈》　《東方雜誌》　復刊第18卷第3期　1984年

## 輯二

十七　小詩的美學詮釋　《國文天地》　第25卷第1期（總289期）
　　　2009年
十八　以隨緣筆觸，鋪寫世相──談佛禪散文《夢回天臺遠》　未刊
十九　鳥族與人界──我讀《鳥奴》《書評》　第43期　1999年
二十　日本中國文學現代研究掃描　未刊

　　以上兩輯的文章，長短不一，且發表的時間也頗有間隔，然而這些都是自己經積澱後寫成的，所以格外珍惜，將其彙集出版，且做爲研究歷程中的一個紀念而已。

　　　　　　　　　　　　　　余崇生　記於市立教大勤樸樓
　　　　　　　　　　　　　　　　　　2011年6月端午。

國家圖書館出版品預行編目(CIP)資料

古典與現代 / 余崇生著. -- 初版. -- 臺北
市 : 萬卷樓, 2011.10
面 ; 公分
ISBN 978-957-739-729-4(平裝)

1. 中國文學 2. 文學評論

820.7                                        100020409

# 古典與現代

2011 年 10 月 初版 平裝

ISBN 978-957-739-729-4                     定價：新台幣 **300** 元

| 作　者 | 余崇生 | 出　版　者 | 萬卷樓圖書股份有限公司 |
|---|---|---|---|
| 發行人 | 陳滿銘 | 編輯部地址 | 106 臺北市羅斯福路二段 41 號 9 樓之 4 |
| 總編輯 | 陳滿銘 | 電話 | 02-23216565 |
| 副總編輯 | 張晏瑞 | 傳真 | 02-23218698 |
| 主　編 | 陳欣欣 | 電郵 | editor@wanjuan.com.tw |
| 編輯助理 | 游依玲 | 發行所地址 | 106 臺北市羅斯福路二段 41 號 6 樓之 3 |
| 封面設計 | 果實文化設計 | 電話 | 02-23216565 |
| | 工作室 | 傳真 | 02-23944113 |
| | | 印　刷　者 | 百通科技股份有限公司 |

新聞局出版事業登記證局版臺業字第 5655 號

如有缺頁、破損、倒裝
請寄回更換

網路書店　　www.wanjuan.com.tw
劃撥帳號　　15624015